REMISE DE PEINE

Patrick Modiano

PRIX NOBEL DE LITTÉRATURE

REMISE DE PEINE

ROMAN

Préface de Olivier Adam

Éditions du Seuil

TEXTE INTÉGRAL

ISBN 978-2-7578-3226-4

© Éditions du Seuil, 1988
© Points, 2013, pour la préface

Préface

Je n'avais pas vingt ans quand j'ai lu *Remise de peine* pour la première fois. Et cette lecture a coïncidé, peu ou prou, avec le début de l'histoire qui me lie aux livres de Patrick Modiano. Je ne sais plus quel fut le premier. *Voyage de noces* peut-être. *Quartier perdu. Fleurs de ruine. Les Boulevards de ceinture.* Je ne sais plus. Mais je me souviens qu'il fut l'un de ceux-là. Et aussi de mon frère achetant un livre de poche presque au hasard, un matin au relais Hachette de la gare de Juvisy, parce qu'il avait laissé chez nous celui qu'il projetait de lire durant le trajet qui le menait à l'université parisienne où il étudiait le droit. De lui faisant irruption dans ma chambre, murs jaune pâle où s'affichait un poster étonnamment modianesque quand j'y repense, façade mystérieuse griffée de ronces et mangée de lierre d'une villa qu'on imaginait francilienne et où s'allumait une fenêtre, haut portail et jardin esquissé, silhouettes entraperçues, traces, lambeaux de vies à imaginer, une image comme tout droit sortie de ce livre précisément, dont la géographie est moins celle de ce Paris enfui si propre à l'auteur que celle de ces banlieues éloignées, « qui n'en étaient pas encore », petites villes calmes et cossues perdues aux lisières des campagnes, qu'il m'arrivait d'entrevoir à l'occasion de tel ou tel examen de piano qui m'exigeait aux bordures de l'Essonne. Je me souviens de lui me tendant le livre et me disant « tiens tu devrais lire ça, ça devrait te plaire », de moi lui obéissant et m'y plongeant sans délai, et de l'éblouissement qui s'ensuivit. Bien sûr tout était là, déjà : les noms de rue, les annuaires, les strates temporelles superposées, les silhouettes troubles, les disparitions, le passé inavouable, l'ombre de la collaboration et de la rue Lauriston, les enquêtes en forme d'errance, les fréquentations louches, la solitude, l'abandon, le père intermittent aux activités et déplacements douteux, la mère actrice entre deux tournées, l'absence de pedigree, la pudeur et l'élégance, la peur et la douleur retenues, les zones vagues et les trous noirs, enfin toute cette mythologie précieuse et unique, portée par le mystère d'une phrase au son incomparable, mélancolique et légère, et pourtant si simple, sans caractéristique apparente, sans effet, sans signe extérieur de richesse. Les jours qui ont suivi, je me suis rendu à la bibliothèque et j'ai dévoré tout ce qu'elle proposait de l'auteur. Puis les solderies parisiennes du quartier Saint-Michel et l'argent que j'économisais sur les repas que je ne prenais plus depuis plusieurs mois déjà m'ont permis de compléter et d'ainsi me mettre à jour : me restait à guetter les prochaines parutions, quasi annuelles, rendez-vous que je n'ai jamais manqués depuis, qui jamais ne m'ont déçu, bien au contraire, à tel point qu'il me semble qu'à chaque livre l'impatience grandit encore en attendant le prochain, comme brûlant d'encore soulever ce voile qu'on croit soulever à chaque livre, qui finalement dévoilera d'autres voiles, qu'on aura hâte de soulever à leur tour, sans qu'on sache bien si au fond les choses s'éclaircissent ou ne cessent d'épaissir le mystère... Je me souviens de ces mois de lecture comme d'une période émerveillée, enchantée en quelque sorte. C'étaient mes premiers mois à Paris, j'étudiais non loin du Bois de Boulogne, fréquentais les librairies et les cinémas d'art et d'essai des quartiers Latin et Saint-Germain-des-Prés, rejoignais parfois des amis dans les rues calmes de villes pavillonnaires plus bourgeoises que celles dont j'étais issu, et où me ramenaient chaque week-end les rames du RER D. J'évoluais dans un de ces romans, je marchais dans leurs décors, j'étais un de leurs personnages, ou du moins un de leurs frères, un de leurs descendants. Tout communiquait, s'interpénétrait, ma propre vie et les livres qui la teintaient, la recomposaient, la tordaient, dans une sorte de confusion entre fiction et réalité. Tout concordait : les lieux, l'impression de mener une double vie, les longues marches au pied des immeubles aux fenêtres allumées, les noms lus dans les halls d'immeubles, tout se tenait dans une lumière très particulière, d'un présent saturé de passé et projeté dans le futur, d'une présence incertaine et vague. Ma géographie intime évoluait, mutait, superposant les territoires des origines, résolument périphériques, banlieusards, et ceux où j'évoluais désormais, et que redessinaient, précisaient, réinventaient les romans de Patrick Modiano. Partout je guettais sa haute silhouette, moi qui portais tant d'attention aux livres et si peu aux auteurs, moi qui me désintéressais tant de ceux qui se tenaient derrière, ou dans, les livres que j'aimais, partout je m'imaginais le voir surgir, aux abords du Luxembourg, avenue Victor-Hugo, le long des étangs du Bois de Boulogne, mais cela ne s'est jamais produit, ou seulement il y a quelques jours, tandis que j'amorçais l'écriture de ces lignes, le croisant parmi les rayons de la librairie du Bon Marché, à la fois précis et égaré, vêtu d'un long imperméable beige, comme un clin d'œil, un signe, une coïncidence étrange, « bizarre », dirait-il sans doute. Bien sûr je ne l'ai pas abordé, n'ai pas osé. Mais que j'aie pu en avoir le fantasme me renseigne assez sur l'importance qu'il revêt à mes yeux, et l'admiration que je lui porte et le hisse au rang des mythes personnels. Avec le recul, je mesure d'ailleurs combien aux souvenirs réels de ces premières années à Paris se sont en partie substitués les romans que je dévorais alors, combien ces deux « récits », l'un enfui mais m'appartenant en propre, l'autre lové dans des pages dont je ne suis pas l'auteur et qui ne disent rien de moi en vérité, sont désormais inextricables. Voilà bien la force des œuvres qui vous pénètrent au plus profond. Elles se mêlent à la texture de votre propre vie jusqu'à l'indémêlable. Et relisant ces jours-ci *Remise de peine*, m'apparaît combien tout cela a forgé mon paysage mental, et par conséquence les décors, le contenu, la texture de mes textes, même si cela n'a d'évidence que pour moi, même si les traces apparentes de cette influence sont à peu près invisibles, ou si souterraines qu'elles le deviennent aux regards extérieurs. Pour autant elle demeure fondamentale et place, aux côtés d'Annie Ernaux, de Raymond Carver ou d'Henri Calet, pour d'autres motifs et sous d'autres manifestations, les livres de Patrick Modiano à un étage très particulier parmi les œuvres qui m'importent : celui où se pressent les auteurs qui m'ont fondamentalement bouleversé, transformé, altéré, à la fois en tant qu'individu et en tant qu'auteur.

Relisant *Remise de peine* vingt ans après l'avoir découvert, donc, et alors que par souci de rattraper un retard impossible à rattraper (sur qui ? sur quoi ? Pour contrer quel sentiment d'imposture ? Quelle impression d'illégitimité ?) je ne prends jamais le temps de relire les livres et les auteurs qui m'ont fondé, alors que ma mémoire est si courte et trouée, à tel point qu'il me semble en permanence effacer ce qui a précédé à mesure que j'avance tout en demeurant obsédé par ce qui se perd ainsi, ce trou noir permanent s'épaississant sans cesse, me frappe combien ce livre a pu laisser de traces, à la fois précises et floues, ainsi qu'il se doit dès lors que l'on évoque Patrick Modiano : la maison où Patrick et son frère sont laissés par des parents qui le sont si peu, sa façade de lierre et jusqu'à ses rues environnantes, les femmes qui y vont et viennent, la bande de copains de l'école, le château abandonné du marquis de Caussade, le cirque et l'accident de trapèze, une voiture américaine, une veste de cow-boy, le nom d'une boîte de nuit, les apparitions du père, les garages parisiens, la compagnie d'adultes dont on ne saisit la vie, l'activité que par indices, pièces éparses, signes partiels et souvent indéchiffrables. Et par dessus tout cette sensation d'abandon un peu effrayante, d'angoisse sourde, d'irréalité même, qui est pour moi synonyme de l'enfance telle que je l'ai ressentie, bâtie sur du sable, filant en permanence entre les doigts, incertaine, sans contour ni centre, terre meuble où l'on s'avance à l'aveugle, ne saisissant que des lambeaux, dans un mélange de présence et d'absence entremêlées vous laissant au sortir de l'adolescence comme tout à fait meuble et imprécis, sans identité ni racine, chien perdu sans collier. Cette impression que Modiano définit ainsi dans un autre de ses livres, et qui semble s'appliquer parfaitement à *Remise de peine*, en constituer l'horizon et le programme : « Les événements que j'évoquerai jusqu'à ma vingt et unième année, je les ai vécus en transparence – ce procédé qui consiste à faire défiler en arrière-plan des paysages, alors que les acteurs restent immobiles sur un plateau de studio. Je voudrais traduire cette impression que beaucoup d'autres ont ressentie avant moi : tout défilait en transparence et je ne pouvais pas encore vivre ma vie. »

C'est d'ailleurs aussi à la lumière des livres qui ont suivi, et singulièrement de celui qui nous invite à les éclairer, *Un pedigree*, que *Remise de peine* prend, au sein de l'œuvre de Patrick Modiano, une teinte si particulière, une nuance unique. D'abord parce qu'il s'agit là d'un des rares textes à se présenter comme si ouvertement autobiographique, ou à en donner si franchement l'illusion, Modiano semblant s'y mettre en scène sous son propre prénom, déformé à l'occasion en un émouvant car inhabituellement intime, familier, « Patoche », et retraçant avec le mélange de précision et de doutes propre au souvenir un épisode de cette enfance qu'on sait désormais avoir été la sienne, ballottée d'un pensionnat à une maison d'amis aux emplois du temps mystérieux et au passé trouble, en attendant qu'une mère actrice et un père aux activités aussi douteuses que le passé et les fréquentations, toutes liées d'une manière ou d'une autre au bourbier de l'Occupation, ne fassent signe ou ne les récupèrent pour quelques jours, semaines ou mois avant de les confier ailleurs et à d'autres. Au fond peu importe que tout cela soit véridique ou non, ce qui émeut ici, c'est bien l'effet d'éclairage, de récit désarmé, laissé à l'œil nu, immédiatement visible qui touche. Et dans le même temps que cette veine autobiographique apparente reste tissée d'un si grand trouble, de tant d'incertitudes et d'interrogations. Comme creusant le mystère qu'il fait mine de lever. Comme si, au fond dans sa propre quête, Modiano nous montrait par la preuve que l'absence de transposition fictionnelle, ou son apparence, la fidélité, réelle ou feinte, au véridique n'était le gage de rien, d'aucune vérité discernable, d'aucune levée de doutes ou d'ambiguïté.

Ensuite parce que c'est au ras de l'enfance, des perceptions et du désarroi qui lui sont intimement liés que Modiano semble nous dicter ces souvenirs. Bribes : aussi bien celles d'une mémoire par nature lacérée, incomplète, que celles de l'enfance parmi les adultes, perçus dans l'entrebâillement des portes, la distance des étages où se referment nos chambres, ne nous laissant saisir les choses qu'en échos assourdis, éclats déformés, conversations étouffées et bruits de couverts, sons des moteurs s'éloignant dans les lointains. Bribes d'un monde adulte dont on n'appréhende qu'en surface les enjeux et les secrets, comme placés devant un téléviseur dont le son est coupé au beau milieu d'un film, ne pouvant se fier qu'à des gestes qu'il ne nous reste qu'à interpréter, sans en connaître le contexte, les tenants, les aboutissants, ignorant jusqu'à l'identité précise des protagonistes.

Dans ce grand jeu de dominos, de voiles auquel nous invite l'œuvre de Modiano, je ne cesse depuis sa parution de me raccrocher à la lecture d'*Un pedigree*, relayant l'auteur dans sa propre enquête, la doublant de la mienne. Une enquête sur l'enquête, en un sens. Que chaque lecteur mène en secret, au fil des livres et des années, je crois. La période évoquée dans *Remise de peine* y occupe une page environ. « Entre Jouy-en-Josas et Paris, mystère de cette banlieue qui n'en était pas encore une. Le château en ruine et, devant lui, la prairie aux herbes hautes d'où nous lâchions un cerf-volant. Le bois des Metz. Et la grande roue de la machine à eau de Marly qui tournait dans un bruit et une fraîcheur de cascade. » « Des allées et venues de femmes étranges [...] parmi lesquelles Zina Rachevsky, Suzanne Baulé, dite Frede, la directrice du Carroll's, une boîte de nuit rue de Ponthieu et une certaine Rose-Marie Krawell, propriétaire d'un hôtel, rue du Vieux-Colombier, et qui conduisait une voiture américaine. Elles portaient des vestes et des chaussures d'homme, et Frede, une cravate [...] Un soir, [...] mon père [...] me demande ce que je voudrais faire dans la vie. Je ne sais pas quoi lui répondre. » L'œuvre de Modiano est un fascinant *work in progress* à ciel ouvert. Chaque livre en prend une double signification. Nous invitant à la considérer dans sa pleine autonomie d'œuvre accomplie, close sur elle-même, et dans le même temps comme la nouvelle pièce d'un puzzle où rien ne s'emboîte jamais tout à fait, dont certaines parties restent tout à fait « vides », quand d'autres finissent par prendre des contours dont la précision ne cesse de s'affiner. Il en est bien sûr ainsi de son père, la grande affaire de l'œuvre modianesque, dont on retrouve ici la présence fuyante, aussi bien que les échos indirects, à travers l'évocation de la «rue Lauriston». Rudy, son frère, par contre, semble, au regard de l'œuvre entière, un centre absent, un silence assourdissant. Page 44 d'*Un pedigree*, pourtant, on peut lire ceci, sur quoi Modiano ne reviendra plus dans la suite du livre : «En février 1957, j'ai perdu mon frère. [...] À part mon frère Rudy, sa mort, je crois que rien de tout ce que je rapporterai ici ne me concerne en profondeur.» Ce qui étreint d'autant plus, dans *Remise de peine*, ce qui serre le cœur au regard de ces lignes, c'est précisément cette évocation, à la fois fugitive et omniprésente, pudique, délicatement évasive, sans précision ni commentaire, discrète, mais si rare qu'elle en devient infiniment saillante, du frère cadet de «Patoche». À cet égard, *Remise de peine* n'en est que plus bouleversant, et, loin de constituer une digression mineure à l'aune de l'œuvre modianesque, semble animé d'un moteur secret : graver sur la page ces moments vécus entre frères, ces mémoires d'un temps dont on peut encore se souvenir en prononçant les mots : moi et mon frère.

Olivier Adam

Pour Dominique

« Il n'est guère de famille pour peu qu'elle puisse remonter à quatre générations qui ne prétende avoir des droits sur quelque titre en sommeil ou bien sur quelque château ou domaine, des droits qui ne sauraient être soutenus devant un tribunal mais qui flattent l'imagination et qui écourtent les heures d'oisiveté.

Les droits qu'un homme a sur son propre passé sont plus précaires encore. »

R. L. Stevenson,
Un chapitre sur les rêves.

C'était l'époque où les tournées théâtrales ne parcouraient pas seulement la France, la Suisse et la Belgique, mais aussi l'Afrique du Nord. J'avais dix ans. Ma mère était partie jouer une pièce en tournée et nous habitions, mon frère et moi, chez des amies à elle, dans un village des environs de Paris.

Une maison d'un étage, à la façade de lierre. L'une de ces fenêtres en saillie que les Anglais nomment *bow-windows* prolongeait le salon. Derrière la maison, un jardin en terrasses. Au fond de la première terrasse du jardin était cachée sous des clématites la tombe du docteur Guillotin. Avait-il vécu dans cette maison ? Y avait-il perfectionné sa machine à couper les têtes ? Tout en haut du jardin, deux pommiers et un poirier.

Les petites plaques d'émail accrochées par des chaînettes d'argent aux carafons de liqueur, dans le salon, portaient des noms : Izarra, Sherry, Curaçao. Le chèvrefeuille envahissait la margelle du puits, au milieu de la cour qui précédait le jardin. Le téléphone était posé sur un guéridon, tout près de l'une des fenêtres du salon.

Un grillage protégeait la façade de la maison, légèrement en retrait de la rue du Docteur-Dordaine. Un jour, on avait repeint le grillage après l'avoir couvert de minium. Était-ce bien du minium, cet enduit de couleur orange qui reste vivace dans mon souvenir ? La rue du Docteur-Dordaine avait un aspect villageois, surtout à son extrémité : une institution de bonnes sœurs, puis une ferme où on allait chercher du lait, et, plus loin, le château. Si vous descendiez la rue, sur le trottoir de droite, vous passiez devant la poste ; à la même hauteur, du côté gauche, vous distinguiez, derrière une grille, les serres du fleuriste dont le fils était mon voisin de classe. Un peu plus loin, sur le même trottoir que la poste, le mur de l'école Jeanne-d'Arc, enfoui sous les feuillages des platanes.

En face de la maison, une avenue en pente douce. Elle était bordée, à droite, par le temple protestant et par un petit bois dans les fourrés duquel nous avions trouvé un casque de soldat allemand ; à gauche, par une demeure longue et blanche à fronton, avec un grand jardin et un saule pleureur. Plus bas, mitoyenne de ce jardin, l'auberge Robin des Bois.

Au bout de la pente, et perpendiculaire à elle, la route. Vers la droite, la place de la gare, toujours déserte, sur laquelle nous avons appris à faire du vélo. Dans l'autre sens, vous longiez le jardin public. Sur le trottoir de gauche, un bâtiment avec une galerie de béton où se succédaient le marchand de journaux, le cinéma et la pharmacie. Le fils du pharmacien était l'un de mes camarades de classe, et, une nuit, son père s'est tué en se pendant à une corde qu'il avait attachée à la terrasse de la galerie. Il paraît que les gens se pendent en été. Les autres saisons, ils préfèrent se tuer en se noyant dans les rivières. C'était le maire du village qui l'avait dit au marchand de journaux.

Ensuite, un terrain désert où se tenait le marché, chaque vendredi. Quelquefois s'y dressaient le chapiteau d'un cirque ambulant et les baraques d'une fête foraine.

Vous arriviez devant la mairie et le passage à niveau. Après avoir franchi celui-ci, vous suiviez la grande rue du village qui montait jusqu'à la place de l'église et le monument aux morts. Pour une messe de Noël, nous avions été, mon frère et moi, enfants de chœur dans cette église.

Il n'y avait que des femmes dans la maison où nous habitions tous les deux.

La petite Hélène était une brune d'une quarantaine d'années, avec un front large et des pommettes. Sa très petite taille nous la rendait proche. Elle boitait légèrement à cause d'un accident du travail. Elle avait été écuyère puis acrobate, et cela lui donnait du prestige à nos yeux. Le cirque – que nous avions découvert, mon frère et moi, un après-midi à Médrano – était un monde dont nous voulions faire partie. Elle nous avait dit qu'elle n'exerçait plus son métier depuis longtemps et elle nous montrait un album où étaient collées des photos d'elle en tenue d'écuyère et d'acrobate et des pages de programmes de music-hall qui mentionnaient son nom : Hélène Toch. Souvent, je lui demandais de me prêter cet album pour que je puisse le feuilleter dans mon lit, avant de m'endormir.

Elles formaient un curieux trio, elle, Annie et la mère d'Annie, Mathilde F. Annie était une blonde aux cheveux courts, le nez droit, le visage doux et délicat, les yeux clairs. Mais quelque chose de brutal dans son allure contrastait avec la douceur du visage, peut-être à cause du vieux blouson de cuir marron – un blouson d'homme – qu'elle portait sur des pantalons noirs très étroits, pendant la journée. Le soir, elle s'habillait souvent d'une robe bleu pâle serrée à la taille par une large ceinture noire et je la préférais comme ça.

La mère d'Annie ne lui ressemblait pas. Était-elle vraiment sa mère ? Annie l'appelait Mathilde. Des cheveux gris en chignon. Un visage dur. Toujours habillée de sombre. Elle me faisait peur. Elle me semblait vieille, et pourtant elle ne l'était pas : Annie avait vingt-six ans à l'époque et sa mère la cinquantaine. Je me souviens des camées qu'elle agrafait à son corsage. Elle avait un accent du Midi que j'ai retrouvé plus tard chez les natifs de Nîmes. Annie, elle, n'avait pas cet accent, mais, comme mon frère et moi, celui de Paris.

Chaque fois que Mathilde s'adressait à moi, elle m'appelait : l'« imbécile heureux ». Un matin que je descendais de ma chambre pour prendre le petit déjeuner, elle m'avait dit comme d'habitude :

– Bonjour, imbécile heureux.

Je lui avais dit :

– Bonjour, madame.

Et, après toutes ces années, je l'entends encore me répondre de sa voix sèche, à l'accent de Nîmes :

– Madame ?… Tu peux m'appeler Mathilde, imbécile heureux…

La petite Hélène, sous sa gentillesse, devait être une femme d'une trempe d'acier.

J'ai su plus tard qu'elle avait fait la connaissance d'Annie quand celle-ci avait dix-neuf ans. Elle exerçait un tel ascendant sur Annie et sur sa mère Mathilde F., que les deux femmes étaient parties avec elle, abandonnant monsieur F.

Un jour, certainement, le cirque où travaillait la petite Hélène s'est arrêté dans un bourg de province où vivaient Annie et sa mère. Annie était assise près de l'orchestre, et les trompettes ont annoncé l'arrivée de la petite Hélène qui montait un cheval noir au caparaçon d'argent. Ou bien, je l'imagine, là-haut, sur le trapèze, se préparant au triple saut périlleux.

Et Annie la rejoint après le spectacle, dans la roulotte que la petite Hélène partage avec la femme-serpent.

Une amie d'Annie F. venait souvent à la maison. Elle s'appelait Frede. Aujourd'hui, à mes yeux d'adulte, elle n'est plus qu'une femme qui tenait, dans les années cinquante, une boîte de nuit, rue de Ponthieu. À cette époque, elle paraissait avoir le même âge qu'Annie, mais elle était un peu plus vieille, environ trente-cinq ans. Une brune aux cheveux courts, au corps gracile, au teint pâle. Elle portait des vestes d'homme, serrées à la taille, que je croyais être des vestes de cavalière.

L'autre jour, chez un bouquiniste, je feuilletais un vieux numéro de *La Semaine à Paris* datant de juillet 1939, où étaient indiqués les programmes des cinémas, des théâtres, des music-halls et des cabarets. J'ai eu la surprise de tomber sur une minuscule photo de Frede : à vingt ans, elle animait déjà une boîte de nuit. J'ai acheté ce programme, un peu comme on se procure une pièce à conviction, une preuve tangible que vous n'avez pas rêvé.

Il y est écrit :

LA SILHOUETTE
58, rue Notre-Dame-de-Lorette
Montmartre. TRI 64-72.
FREDE présente de 22 h à l'aube
son Cabaret-Dancing féminin
Rentrée de Suisse   DON MARYO
du célèbre orchestre
Le Guitariste Isidore Langlois
Betty and the nice boys.

Et je retrouve, fugitivement, l'image que nous avions de Frede, mon frère et moi, lorsque nous la voyions dans le jardin de la maison, au retour de l'école : une femme qui appartenait au monde du cirque, comme la petite Hélène, et que ce monde nimbait de mystère. Il ne faisait aucun doute pour nous que Frede dirigeait un cirque à Paris, plus petit que Médrano, un cirque sous un chapiteau de toile blanche, rayée de rouge, qui s'appelait « le Carroll's ». Ce nom revenait souvent dans la bouche d'Annie et de Frede : Carroll's – la boîte de nuit, rue de Ponthieu – mais je voyais le chapiteau blanc et rouge et les animaux de la ménagerie, dont Frede, avec sa silhouette mince et ses vestes cintrées, était la dompteuse.

Quelquefois le jeudi, elle accompagnait son neveu à la maison, un garçon de notre âge. Et nous passions l'après-midi à jouer tous les trois ensemble. Il en savait beaucoup plus long que nous au sujet du Carroll's. Je me souviens d'une phrase sibylline qu'il nous avait dite et qui éveille encore en moi un écho :

– Annie a pleuré toute la nuit au Carroll's…

Peut-être avait-il entendu cette phrase dans la bouche de sa tante, sans la comprendre. Quand celle-ci ne l'accompagnait pas, nous allions le chercher, mon frère et moi, le jeudi, à la gare, au début de l'après-midi. Nous ne l'appelions jamais par son prénom que nous ignorions. Nous l'appelions « le neveu de Frede ».

Elles ont engagé une jeune fille pour venir me chercher à l'école et s'occuper de nous. Elle habitait à la maison dans la chambre voisine de la nôtre. Elle coiffait ses cheveux noirs en un chignon très strict, et ses yeux étaient d'un vert si clair qu'il lui donnait un regard transparent. Elle ne parlait presque pas. Son silence et ses yeux transparents nous intimidaient, mon frère et moi. Pour nous, la petite Hélène, Frede et même Annie appartenaient au monde du cirque, mais cette silencieuse jeune fille au chignon noir et aux yeux pâles était un personnage de conte. Nous l'appelions Blanche-Neige.

Je garde le souvenir des dîners où nous étions tous réunis dans la pièce qui servait de salle à manger et qui était séparée du salon par le couloir de l'entrée. Blanche-Neige était assise au bout de la table, mon frère à sa droite et moi à sa gauche. Annie se tenait à côté de moi, la petite Hélène en face, et Mathilde à l'autre bout de table. Un soir, à cause d'une panne d'électricité, la pièce était éclairée par une lampe à huile posée sur la cheminée et qui laissait autour de nous des zones de pénombre.

Les autres l'appelaient Blanche-Neige, comme nous, et quelquefois « ma biche ». Elles la tutoyaient. Et une intimité s'était bientôt établie entre elles, puisque Blanche-Neige aussi les tutoyait.

Je suppose qu'elles avaient loué cette maison. À moins que la petite Hélène en fût la propriétaire, car elle était bien connue parmi les commerçants du village. Peut-être la maison appartenait-elle à Frede. Je me souviens que Frede recevait beaucoup de courrier, rue du Docteur-Dordaine. C'était moi, chaque matin, avant l'école, qui cherchais les lettres dans la boîte.

Annie allait presque tous les jours à Paris, dans sa quatre-chevaux beige. Elle rentrait très tard et, quelquefois, elle restait absente jusqu'au lendemain. Souvent, la petite Hélène l'accompagnait. Mathilde ne quittait pas la maison. Elle faisait les courses. Elle achetait un magazine qui s'appelait *Noir et Blanc*, et dont les numéros traînaient dans la salle à manger. Je les feuilletais, le jeudi après-midi, quand il pleuvait et que nous écoutions une émission pour les enfants, à la radio. Mathilde m'arrachait des mains *Noir et Blanc*.

– Ne regarde pas ça, imbécile heureux ! Ce n'est pas de ton âge…

Blanche-Neige m'attendait à la sortie de l'école, avec mon frère qui était encore trop jeune pour commencer les études. Annie m'avait inscrit à l'école Jeanne-d'Arc, tout au bout de la rue du Docteur-Dordaine. La directrice lui avait demandé si elle était ma mère et elle avait répondu : oui.

Nous étions tous les deux assis devant le bureau de la directrice. Annie portait son vieux blouson de cuir et un pantalon de toile bleue délavée qu'une amie à elle qui venait parfois à la maison – Zina Rachewsky – lui

25

avait ramené d'Amérique : un blue-jean. On en voyait peu, en France, à cette époque. La directrice nous considérait d'un œil méfiant :

– Il faudra que votre fils mette une blouse grise pour la classe, avait-elle dit. Comme tous ses autres petits camarades.

Sur le chemin du retour, le long de la rue du Docteur-Dordaine, Annie marchait à côté de moi et elle avait posé sa main sur mon épaule.

– Je lui ai dit que j'étais ta mère, parce que c'était trop compliqué de lui donner des explications. Tu es d'accord, hein, Patoche ?

Moi, je pensais avec curiosité à cette blouse grise qu'il faudrait que je porte, comme tous mes autres petits camarades.

Je ne suis pas resté longtemps élève à l'institution Jeanne-d'Arc. Le sol de la cour de récréation était noir, à cause du mâchefer. Et ce noir s'harmonisait bien avec l'écorce et les feuillages des platanes.

Un matin, pendant la récréation, la directrice s'est dirigée vers moi et m'a dit :

– Je voudrais voir ta mère. Demande-lui de venir cet après-midi, au début de la classe.

Elle me parlait, comme d'habitude, d'une voix sèche. Elle ne m'aimait pas. Qu'est-ce que je lui avais fait ?

À la sortie de l'école, Blanche-Neige et mon frère m'attendaient.

– Tu as une drôle de tête, a dit Blanche-Neige. Ça ne va pas ?

Je lui ai demandé si Annie était à la maison. Je n'avais qu'une peur : qu'elle ne soit pas rentrée de Paris, pendant la nuit.

Par chance, elle était rentrée, mais très tard. Elle dormait encore dans la chambre au bout du couloir dont les fenêtres ouvraient sur le jardin.

– Va la réveiller, m'a dit la petite Hélène à qui j'avais expliqué que la directrice de l'école voulait voir ma mère.

J'ai frappé à la porte de sa chambre. Elle ne répondait pas. La phrase mystérieuse du neveu de Frede m'est revenue en mémoire : « Annie a pleuré toute la nuit au Carroll's. » Oui, elle dormait encore à midi parce qu'elle avait pleuré toute la nuit au Carroll's.

J'ai tourné la poignée de la porte, et j'ai poussé celle-ci, lentement. Il faisait jour dans la chambre. Annie n'avait pas tiré les rideaux. Elle était allongée sur le grand lit, tout au bord de celui-ci, et elle aurait pu tomber d'un instant à l'autre. Pourquoi ne se mettait-elle pas au milieu du lit ? Elle dormait, le bras ramené sur son épaule, comme si elle avait froid, et pourtant elle était tout habillée. Elle n'avait même pas enlevé ses chaussures et elle portait son vieux blouson de cuir. Je lui ai secoué doucement l'épaule. Elle a ouvert les yeux et elle m'a regardé en fronçant les sourcils :

– Ah… c'est toi, Patoche…

Elle faisait les cent pas sous les platanes de la cour de récréation, avec la directrice de l'institution Jeanne-d'Arc. La directrice m'avait dit de les attendre dans la cour, pendant qu'elles parlaient. Mes camarades étaient rentrés en classe à la sonnerie de deux heures moins cinq, et je les regardais, là-bas, derrière les carreaux, assis à leurs pupitres, sans moi. J'essayais d'entendre ce qu'elles disaient, mais je n'osais pas me rapprocher d'elles. Annie portait son vieux blouson de cuir sur une chemise d'homme.

Et puis elle a laissé la directrice et elle a marché vers moi. Nous sommes sortis tous les deux par la petite porte percée dans le mur, qui donnait sur la rue du Docteur-Dordaine.

– Mon pauvre Patoche... Ils t'ont renvoyé...

J'avais envie de pleurer, mais en levant la tête vers elle, j'ai vu qu'elle souriait. Et cela m'a rassuré.

– Tu es un mauvais élève... comme moi...

Oui, j'étais rassuré qu'elle ne me gronde pas, mais un peu surpris, tout de même, que cet événement, qui me semblait grave, la fasse sourire, elle.

– Ne t'inquiète pas, mon vieux Patoche... On va t'inscrire dans une autre école...

Je ne crois pas avoir été plus mauvais élève qu'un autre. La directrice de l'institution Jeanne-d'Arc s'était sans doute renseignée sur ma famille. Elle avait dû s'apercevoir qu'Annie n'était pas ma mère. Annie, la petite Hélène, Mathilde et même Blanche-Neige : drôle de famille… Elle avait craint que je sois un dangereux exemple pour mes camarades de classe. Qu'aurait-on pu nous reprocher ? D'abord le mensonge d'Annie. Il avait peut-être attiré tout de suite l'attention de la directrice : Annie paraissait plus jeune que son âge, et il aurait mieux valu qu'elle dise qu'elle était ma grande sœur… Et puis son blouson de cuir et surtout ce bluejean délavé, si rare à l'époque… Rien à reprocher à Mathilde. Une vieille dame comme les autres avec ses vêtements sombres, son corsage, son camée et son accent de Nîmes… En revanche, la petite Hélène s'habillait quelquefois d'une drôle de manière quand elle nous emmenait à la messe ou chez les commerçants du village : un pantalon de cheval avec des bottes, des chemisiers aux manches bouffantes et serrées aux poignets, un fuseau de ski noir, ou même un boléro incrusté de nacre… On devinait quel avait été son ancien métier. Et pourtant, le marchand de journaux et le pâtissier semblaient l'aimer bien et lui disaient toujours avec beaucoup de politesse :

– Bonjour, mademoiselle Toch… Au revoir, mademoiselle Toch… Et pour mademoiselle Toch, ce sera ?…

Et que pouvait-on reprocher à Blanche-Neige ? Son silence, son chignon noir et ses yeux transparents inspiraient le respect. La directrice de l'institution Jeanne-d'Arc se demandait certainement pourquoi cette jeune fille venait me chercher à la sortie de l'école et non pas ma mère ; et pourquoi je ne rentrais pas tout seul à la maison, comme mes autres petits camarades. Elle devait penser que nous étions riches.

Qui sait ? Il avait suffi que la directrice voie Annie pour qu'elle éprouve de la méfiance envers nous. Moi-même, j'avais surpris, un soir, quelques bribes d'une conversation entre la petite Hélène et Mathilde. Annie n'était pas encore rentrée de Paris dans sa quatre-chevaux et Mathilde paraissait inquiète.

– Elle est capable de tout, avait dit Mathilde d'un air pensif. Vous savez bien, Linou, que c'est une tête brûlée.

– Elle ne peut pas faire quelque chose de grave, avait dit la petite Hélène.

Mathilde était restée un moment silencieuse et elle avait dit :

– Vous comprenez, Linou, vous avez quand même de drôles de fréquentations…

Le visage de la petite Hélène s'était durci.

– De drôles de fréquentations ? Qu'est-ce que vous voulez dire, Thilda ?

Elle avait une voix sèche que je ne lui connaissais pas.

– Ne vous fâchez pas, Linou, avait dit Mathilde, avec un air craintif et docile.

Ce n'était plus la même femme que celle qui me traitait d'« imbécile heureux ».

À partir de ce jour-là, j'ai pensé qu'Annie, pendant ses absences, ne consacrait pas seulement son temps à pleurer toute la nuit au Carroll's. Elle faisait peut-être quelque chose de grave. Plus tard, quand j'ai demandé ce qui s'était passé, on m'a répondu : « Quelque chose de très grave », et c'était comme l'écho d'une phrase que j'avais déjà entendue. Mais ce soir-là, l'expression «tête brûlée» m'inquiétait. J'avais beau regarder le visage d'Annie, je n'y trouvais que douceur. Derrière ces yeux limpides et ce sourire, il y avait donc une tête brûlée ?

J'étais maintenant élève à l'école communale du village, un peu plus loin que l'institution Jeanne-d'Arc. Il fallait suivre la rue du Docteur-Dordaine jusqu'au bout et traverser la route qui descendait vers la mairie et le passage à niveau. Une grande porte de fer à deux battants ouvrait sur la cour de récréation.

Là aussi, nous portions des blouses grises, mais la cour n'était pas recouverte de mâchefer. Il y avait de la terre, tout simplement. L'instituteur m'aimait bien et il me demandait, chaque matin, de lire un poème à la classe. Un jour, la petite Hélène était venue me chercher, en l'absence de Blanche-Neige. Elle portait sa culotte de cheval, ses bottes et sa veste que j'appelais «la Veste de cow-boy». Elle avait serré la main de l'instituteur et elle lui avait dit qu'elle était ma tante.

– Votre neveu lit très bien les poèmes, avait dit l'instituteur.

Je lisais toujours le même, celui que nous savions par cœur, mon frère et moi :

Ô combien de marins, combien de capitaines...

J'avais de bons camarades, dans cette classe : le fils du fleuriste de la rue du Docteur-Dordaine, le fils du pharmacien, et je me rappelle le matin où nous avons appris que son père s'était pendu... le fils du boulanger du hameau des Mets dont la sœur avait mon âge et des cheveux blonds et bouclés qui lui descendaient jusqu'aux chevilles.

Souvent Blanche-Neige ne venait pas me chercher : elle savait que je rentrerais avec le fils du fleuriste dont la maison était voisine de la nôtre. À la sortie de l'école, les fins d'après-midi où nous n'avions pas de devoirs, nous allions en bande à l'autre bout du village, plus loin que le château et la gare, jusqu'au grand moulin à eau, en bordure de la Bièvre. Il fonctionnait toujours et, pourtant, il semblait vétuste et abandonné. Le jeudi, j'y emmenais mon frère, quand le neveu de Frede n'était pas là. C'était une aventure que nous devions garder secrète. Nous nous glissions par la brèche du mur et nous nous asseyions par terre, l'un à côté de l'autre. La grande roue tournait. Nous entendions un bourdonnement de moteur et un fracas de cascade. Il faisait frais ici, et nous respirions une odeur d'eau et d'herbe mouillée. Cette grande roue qui luisait dans la demi-pénombre nous effrayait un peu, mais nous ne pouvions pas nous empêcher de la regarder tourner, assis côte à côte, les bras croisés sur nos genoux.

Mon père nous rendait visite entre deux voyages à Brazzaville. Il ne conduisait pas et, comme il fallait bien que quelqu'un l'emmène en voiture de Paris jusqu'au village, ses amis, à tour de rôle, l'escortaient : Annet Badel, Sacha Gordine, Robert Fly, Jacques Boudot-Lamotte, Georges Giorgini, Geza Pellmont, le gros Lucien P. qui s'asseyait sur un fauteuil du salon, et chaque fois nous craignions que le fauteuil ne s'effondre ou ne se fende sous son poids ; Stioppa de D., qui portait un monocle et une pelisse, et dont les cheveux étaient si lourds de gomina qu'ils laissaient des taches sur les canapés et les murs contre lesquels Stioppa appuyait sa nuque.

Ces visites avaient lieu le jeudi, et mon père nous invitait à déjeuner à l'auberge Robin des Bois. Annie et la petite Hélène étaient absentes. Mathilde restait à la maison. Seule, Blanche-Neige nous accompagnait au déjeuner. Et quelquefois le neveu de Frede.

Mon père avait fréquenté l'auberge Robin des Bois, il y a longtemps. Il en parlait, au cours de l'un de nos déjeuners, à son ami Geza Pellmont, et j'écoutais leur conversation.

– Tu te souviens ?... avait dit Pellmont. Nous venions ici avec Eliot Salter…

– Le château est en ruine, avait dit mon père.

Le château se trouvait au bout de la rue du Docteur-Dordaine, à l'opposé de l'institution Jeanne-d'Arc. Sur la grille entrouverte était fixé un panneau de bois à moitié pourri où l'on pouvait encore lire : « Propriété réquisitionnée par l'Armée américaine pour le brigadier général Franck Allen. » Le jeudi, nous nous glissions entre les deux battants de la grille. Dans la prairie aux herbes hautes, nous nous enfoncions presque jusqu'à la taille. Au fond, se dressait un château de style Louis XIII, dont la façade était flanquée de deux pavillons en saillie. Mais j'ai su plus tard qu'il avait été construit à la fin du XIXᵉ siècle. Nous jouions au cerf-volant dans la prairie, un cerf-volant de toile rouge et bleu en forme d'aéroplane. Nous avions beaucoup de mal à lui faire prendre de l'altitude. Là-bas, à la droite du château, une butte plantée de pins, avec un banc de pierre sur lequel s'asseyait Blanche-Neige… Elle lisait *Noir et Blanc* ou bien elle tricotait, tandis que nous montions aux branches des pins. Mais nous avions le vertige, mon frère et moi, et seul le neveu de Frede atteignait le sommet des arbres.

Vers le milieu de l'après-midi, nous suivions le sentier qui partait de la butte et nous nous enfoncions, en compagnie de Blanche-Neige, dans la forêt. Nous marchions jusqu'au hameau des Mets. En automne, nous ramassions les châtaignes. Le boulanger des Mets était le père de mon camarade de classe, et chaque fois que nous entrions dans sa boutique, la sœur de mon ami était là, et j'admirais ses cheveux blonds bouclés qui lui tombaient jusqu'aux chevilles. Et puis nous revenions par le même chemin. Dans le crépuscule, la façade et les deux pavillons en saillie du château prenaient un aspect sinistre et nous faisaient battre le cœur, à mon frère et moi.

– On va voir le château ?

Désormais, c'était la phrase que mon père prononçait chaque fois, à la fin du déjeuner. Et comme les autres jeudis, nous suivions la rue du Docteur-Dordaine, nous nous glissions par la grille entrouverte dans la prairie. Sauf que, ces jours-là, mon père et l'un de ses amis : Badel, Gordine, Stioppa ou Robert Fly, nous accompagnaient.

Blanche-Neige allait s'asseoir sur le banc, au pied des pins, à sa place habituelle. Mon père s'approchait du château, il contemplait la façade et les hautes fenêtres murées. Il poussait la porte d'entrée et nous pénétrions dans un hall dont le dallage disparaissait sous les gravats et les feuilles mortes. Au fond du hall, la cage d'un ascenseur.

– Oui, j'ai connu le propriétaire de ce château, disait mon père.

Il voyait bien que nous étions intéressés, mon frère et moi. Alors, il nous racontait l'histoire d'Eliot Salter, marquis de Caussade, qui, à l'âge de vingt ans, pendant la première guerre, avait été un héros de l'aviation. Puis il avait épousé une Argentine et il était devenu le roi de l'armagnac. L'armagnac – disait mon père – est un alcool que Salter, marquis de Caussade, fabriquait et qu'il vendait dans de très jolies bouteilles par camions entiers. Je l'aidais à décharger tous les camions – disait mon père. Nous comptions les caisses, au fur et à mesure. Il avait acheté ce château. Il avait disparu à la fin de la guerre avec sa femme, mais il n'était pas mort et il reviendrait un jour.

Mon père avait arraché avec précaution une petite affiche collée contre la porte d'entrée, à l'intérieur. Et il me l'avait offerte. Je peux encore aujourd'hui réciter, sans la moindre hésitation, le texte de celle-ci :

Confiscation des profits illicites
mardi 23 juillet à 14 h.
Sis au hameau des Mets.
Magnifique domaine
comprenant château et 300 hectares de forêts.

– Surveillez bien le château, les enfants, disait mon père. Le marquis reviendra plus vite qu'on ne le pense…

Et avant de monter dans la voiture de l'ami qui lui servait de chauffeur ce jour-là, il nous saluait d'une main distraite, que nous voyions encore s'agiter mollement à travers la vitre, quand la voiture prenait la direction de Paris.

Nous avions décidé, mon frère et moi, d'aller visiter le château, la nuit. Il fallait attendre que tout le monde dorme dans la maison. La chambre de Mathilde occupait le rez-de-chaussée d'un minuscule pavillon, au fond de la cour : pas de danger qu'elle nous surprenne. La chambre de la petite Hélène était au premier étage, à l'autre bout du couloir, et celle de Blanche-Neige, à côté de la nôtre. Le parquet du couloir craquait un peu, mais une fois que nous serions au bas de l'escalier, nous n'avions plus rien à craindre et le chemin serait libre. Nous choisirions une nuit où Annie n'était pas là – car elle s'endormait très tard –, une nuit où elle pleurait au Carroll's.

Nous avions pris la torche électrique dans le placard de la cuisine, une torche au métal argenté qui projetait une lumière jaune. Et nous nous habillions. Nous gardions notre veste de pyjama sous un chandail. Pour rester éveillés, nous parlions d'Eliot Salter, marquis de Caussade. Nous faisions, chacun à notre tour, les suppositions les plus diverses à son sujet. Pour mon frère, les nuits où il venait au château, il arrivait à la gare du village par le dernier train de Paris, celui de vingt-trois

heures trente, dont nous pouvions entendre le grondement cadencé de la fenêtre de notre chambre. Il n'atti-
rait pas l'attention sur lui et il évitait de garer une
voiture, qui aurait semblé suspecte, devant la grille du
château. C'était à pied, comme un simple promeneur,
qu'il se rendait, pour une nuit, dans son domaine.

Nous partagions la même conviction tous les deux :
Eliot Salter, marquis de Caussade, se tenait ces nuits-là
dans le hall du château. Avant sa venue, on avait déblayé
les feuilles mortes et les gravats, et on les remettrait
ensuite pour ne laisser aucune trace de son passage.
Et celui qui préparait ainsi la visite de son maître était
le garde-chasse des Mets. Il habitait dans la forêt, entre
le hameau et la lisière de l'aérodrome de Villacoublay.
Nous le rencontrions souvent au cours de nos promenades avec Blanche-Neige. Nous avions demandé au
fils du boulanger quel était le nom de ce fidèle serviteur
qui cachait bien son secret : Grosclaude.

Ce n'était pas un hasard si Grosclaude habitait là.
Nous avions découvert, dans cette zone de la forêt qui
bordait l'aérodrome, une piste d'atterrissage désaffec-
tée, avec un grand hangar. Le marquis utilisait cette
piste, la nuit, pour partir en avion vers une destination
lointaine – une île des mers du Sud. Au bout de quelque
temps, il revenait de là-bas. Et Grosclaude, ces nuits-là,
disposait sur la piste de petits signaux lumineux pour
que le marquis puisse atterrir sans difficulté.

Le marquis était assis sur un fauteuil de velours
vert devant la cheminée massive où Grosclaude avait
allumé un feu. Derrière lui, une table était dressée :
des chandeliers d'argent, des dentelles et du cristal.
Nous entrions dans le hall, mon frère et moi. Il n'était

éclairé que par le feu de la cheminée et les flammes des bougies. Grosclaude nous voyait, le premier. Il marchait vers nous, avec ses bottes et son pantalon de cheval.

– Qu'est-ce que vous faites ici ?

Sa voix était menaçante. Il nous donnerait une paire de gifles à chacun et nous pousserait dehors. Il valait mieux qu'à notre entrée dans le hall nous nous dirigions le plus vite possible vers le marquis de Caussade et que nous lui parlions. Et nous voulions préparer à l'avance ce que nous lui dirions.

– Nous venons vous voir parce que vous êtes un ami de mon père.

C'est moi qui prononcerais cette première phrase. Ensuite, chacun à notre tour, nous lui dirions :

– Bonsoir, monsieur le marquis.

Et j'ajouterais :

– Nous savons que vous êtes le roi de l'armagnac.

Un détail, pourtant, me causait beaucoup d'appréhension : l'instant où le marquis Eliot Salter de Caussade tournerait son visage vers nous. Mon père nous avait raconté qu'au cours d'un combat aérien de la première guerre, il s'était brûlé le visage et qu'il dissimulait cette brûlure en recouvrant sa peau d'un fard de couleur ocre. Dans ce hall, à la clarté des bougies et du feu de bois, ce visage devait être inquiétant. Mais je verrais enfin ce que j'essayais de voir derrière le sourire et les yeux clairs d'Annie : une tête brûlée.

Nous avions descendu l'escalier sur la pointe des pieds, nos chaussures à la main. Le réveil de la cuisine marquait onze heures vingt-cinq minutes. Nous avions refermé doucement la porte d'entrée de la maison et la petite porte grillagée qui donnait rue du Docteur-Dordaine. Assis sur le rebord du trottoir, nous lacions nos chaussures. Le grondement du train se rapprochait. Il allait entrer en gare dans quelques minutes et il ne laisserait qu'un seul passager sur le quai : Eliot Salter, marquis de Caussade et roi de l'armagnac.

Nous choisissions des nuits où le ciel était clair et où brillaient les étoiles et un quartier de lune. Les chaussures lacées, la torche électrique dissimulée entre mon chandail et ma veste, il fallait maintenant que nous marchions jusqu'au château. La rue déserte sous la lune, le silence et le sentiment qui nous prenait d'avoir quitté pour toujours la maison, nous faisaient peu à peu ralentir le pas. Au bout d'une cinquantaine de mètres, nous revenions en arrière.

Maintenant, nous délacions nos chaussures et nous refermions la porte d'entrée de la maison. Le réveil de la cuisine marquait minuit moins vingt. Je rangeais dans le placard la torche électrique et nous montions l'escalier sur la pointe des pieds.

Blottis dans nos lits jumeaux, nous éprouvions un certain soulagement. Nous parlions à voix basse du marquis, et chacun de nous deux trouvait un détail nouveau. Il était minuit passé, et là-bas, dans le hall, Grosclaude lui servait son souper. La prochaine fois, avant de rebrousser chemin, nous irions un peu plus loin que cette nuit dans la rue du Docteur-Dordaine. Nous irions jusqu'à l'institution des bonnes sœurs. Et la prochaine fois, encore plus loin, jusqu'à la ferme et la boutique du coiffeur. Et la prochaine fois, encore plus loin. Chaque nuit, une nouvelle étape. Il n'y aurait plus que quelques dizaines de mètres à franchir et nous arriverions devant la grille du château. La prochaine fois… Nous finissions par nous endormir.

Très vite, j'avais remarqué qu'Annie et la petite Hélène recevaient à la maison des gens aussi mystérieux et dignes d'intérêt qu'Eliot Salter, marquis de Caussade.

Était-ce Annie qui entretenait des liens d'amitié avec eux ? Ou la petite Hélène ? L'une et l'autre, je crois. Mathilde, elle, gardait une sorte de réserve en leur présence, et souvent elle se retirait dans sa chambre. Peut-être ces gens-là l'intimidaient-ils ou bien n'éprouvait-elle aucune sympathie pour eux.

Je tente aujourd'hui de recenser tous les visages que j'ai vus sous le porche et dans le salon – sans pouvoir identifier la plupart d'entre eux. Tant pis. Si je mettais un nom sur cette dizaine de visages qui défilent dans mon souvenir, je gênerais quelques personnes encore vivantes aujourd'hui. Elles se rappelleraient qu'elles avaient de mauvaises fréquentations.

Ceux dont l'image demeure la plus nette sont Roger Vincent, Jean D. et Andrée K., dont on disait qu'elle était « la femme d'un grand toubib ». Ils venaient chez nous deux ou trois fois par semaine. Ils allaient déjeuner à l'auberge Robin des Bois avec Annie et la petite

Hélène, et, après le déjeuner, ils restaient encore un moment dans le salon. Ou bien, ils dînaient à la maison.

Quelquefois, Jean D. venait seul. Annie l'avait ramené de Paris dans sa quatre-chevaux. C'est lui qui semblait le plus intime avec Annie et qui, sans doute, lui avait fait connaître les deux autres. Jean D. et Annie avaient le même âge. Quand Jean D. nous rendait visite, accompagné de Roger Vincent, c'était toujours dans la voiture américaine décapotable de Roger Vincent. Andrée K. les accompagnait de temps en temps, et elle était assise sur le siège avant de la voiture américaine, à côté de Roger Vincent ; Jean D., sur la banquette arrière. Roger Vincent devait avoir environ quarante-cinq ans, à l'époque, et Andrée K. trente-cinq ans.

Je me souviens de la première fois que nous avons vu la voiture américaine de Roger Vincent garée devant la maison. C'était à la fin de la matinée, après l'école. Je n'avais pas encore été renvoyé de l'institution Jeanne-d'Arc. De loin, cette énorme voiture décapotable, dont la carrosserie beige et les banquettes de cuir rouge brillaient au soleil, nous avait autant surpris, mon frère et moi, que si nous nous étions trouvés, au détour d'une rue, en présence du marquis de Caussade. D'ailleurs, nous avions eu la même idée, à cet instant-là, comme nous devions nous le confier plus tard : cette voiture était celle du marquis de Caussade, de retour au village après toutes ses aventures, et auquel mon père avait demandé de nous rendre visite.

J'ai dit à Blanche-Neige :

– C'est à qui, la voiture ?

– À un ami de ta marraine.

Elle appelait toujours Annie « ta marraine », et il était exact, en effet, que nous avions été baptisés un an auparavant en l'église Saint-Martin de Biarritz et que ma mère avait chargé Annie de me servir de marraine.

Quand nous sommes entrés dans la maison, la porte du salon était ouverte et Roger Vincent assis sur le canapé, devant le *bow-window*.

– Venez dire bonjour, a dit la petite Hélène.

Elle achevait de remplir trois verres et elle rebouchait l'un des carafons de liqueur à la plaque d'émail. Annie parlait au téléphone.

Roger Vincent s'est levé. Il m'a paru très grand. Il était vêtu d'un costume prince-de-galles. Ses cheveux étaient blancs, bien coiffés et ramenés en arrière, mais il n'avait pas l'air vieux. Il s'est penché vers nous. Il nous souriait.

– Bonjour, les enfants...

Il nous a serré la main chacun à notre tour. J'avais posé mon cartable pour lui serrer la main. Je portais ma blouse grise.

– Tu reviens de l'école ?

J'ai dit :

– Oui.

– Ça marche, l'école ?

– Oui.

Annie avait raccroché le combiné du téléphone et nous avait rejoints, avec la petite Hélène qui a posé le plateau à liqueurs sur la table basse devant le canapé. Elle a tendu un verre à Roger Vincent.

– Patoche et son frère habitent ici, a dit Annie.

– Alors, à la santé de Patoche et de son frère, a dit Roger Vincent en levant son verre, et avec un large sourire.

Ce sourire reste, dans ma mémoire, la principale caractéristique de Roger Vincent : il flottait toujours sur ses lèvres. Roger Vincent baignait dans ce sourire qui n'était pas jovial mais distant, rêveur, et l'enveloppait comme d'une brume très légère. Il y avait quelque chose de feutré dans ce sourire, dans sa voix et son allure. Roger Vincent ne faisait jamais de bruit. Vous ne l'entendiez pas venir, et quand vous vous tourniez, il était derrière vous. De la fenêtre de notre chambre, nous l'avons vu quelquefois arriver au volant de sa voiture américaine. Elle s'arrêtait devant la maison, telle une vedette, moteur éteint, que porte le ressac et qui accoste insensiblement au rivage. Roger Vincent sortait de la voiture, les gestes lents, son sourire aux lèvres. Il ne claquait jamais la portière, mais la refermait doucement.

Ce jour-là, après le déjeuner que nous avons pris avec Blanche-Neige dans la cuisine, ils étaient encore au salon. Mathilde, elle, s'occupait du rosier qu'elle avait planté sur la première terrasse du jardin près de la tombe du docteur Guillotin.

Je tenais mon cartable à la main, et Blanche-Neige allait m'accompagner à l'institution Jeanne-d'Arc pour la classe de l'après-midi, quand Annie, qui était apparue dans l'encadrement de la porte du salon, m'a dit :

– Travaille bien, Patoche…

Derrière elle, je voyais la petite Hélène et Roger Vincent qui souriait de son sourire immuable. Ils étaient certainement sur le point de quitter la maison pour déjeuner à l'auberge Robin des Bois.

– Tu vas à l'école à pied ? m'a demandé Roger Vincent.

– Oui.

Même quand il parlait, il souriait.

– Je t'emmène en voiture, si tu veux…

– Tu as vu la voiture de Roger Vincent ? m'a demandé Annie.

– Oui.

Elle l'a toujours appelé « Roger Vincent », avec une affection respectueuse, comme si son nom et son prénom ne pouvaient pas être séparés. Je l'entendais dire au téléphone : « Allô, Roger Vincent… Bonjour, Roger Vincent… » Elle le vouvoyait. Ils l'admiraient beaucoup, elle et Jean D. Jean D. aussi l'appelait « Roger Vincent ». Annie et Jean D. parlaient de lui ensemble et ils avaient l'air de se raconter des « histoires de Roger Vincent », comme on se raconte des légendes anciennes. Andrée K., « la femme du grand toubib », l'appelait Roger tout court et elle le tutoyait.

– Ça te ferait plaisir que je t'emmène à l'école dans cette voiture ? m'a demandé Roger Vincent.

Il avait deviné ce que nous voulions, mon frère et moi. Nous sommes montés tous les deux sur la banquette avant, à côté de lui.

Il a effectué une majestueuse marche arrière dans l'avenue en pente douce, et la voiture a suivi la rue du Docteur-Dordaine.

Nous glissions sur une eau étale. Je n'entendais pas le bruit du moteur. C'était la première fois que nous montions dans une voiture décapotable, mon frère et

moi. Et elle était si grande, cette voiture, qu'elle tan-
guait sur toute la largeur de la rue.

– C'est là, mon école…

Il a arrêté la voiture et, en étendant le bras, il a ouvert
lui-même la portière pour que je puisse sortir.

– Bon courage, Patoche.

J'étais fier qu'il m'appelle « Patoche », comme s'il
me connaissait depuis longtemps. Mon frère était
maintenant assis tout seul, à côté de lui, et il paraissait
encore plus petit sur cette grande banquette de cuir
rouge. Je me suis retourné avant d'entrer dans la cour
de l'institution Jeanne-d'Arc. Roger Vincent m'a fait
un signe de la main. Et il souriait.

Jean D., lui, n'avait pas de voiture américaine décapotable, mais une grosse montre sur le cadran de
laquelle on lisait les secondes, les minutes, les heures,
les jours, les mois et les années. Il nous expliquait le
mécanisme compliqué de cette montre aux multiples
boutons. Il était beaucoup plus familier avec nous que
Roger Vincent. Et plus jeune.

Il s'habillait d'un blouson de daim, de chandails de
sport à col roulé, de chaussures à semelles de crêpe...
Il était grand et mince, lui aussi. Des cheveux noirs et
un visage aux traits réguliers. Quand ses yeux marron
se posaient sur nous, un mélange de malice et de tris-
tesse éclairait son regard. Il écarquillait les yeux,
comme s'il s'étonnait de tout. Je lui enviais sa coupe
de cheveux : une brosse longue, alors que moi, le coiffeur me faisait, tous les quinze jours, une brosse si
courte que cela piquait quand je passais la main sur
mon crâne et au-dessus de mes oreilles. Mais je n'avais
rien à dire. Le coiffeur prenait sa tondeuse, sans me
demander mon avis.

Jean D. venait plus souvent à la maison que les
autres. Annie l'emmenait toujours dans sa quatre-

chevaux. Il déjeunait avec nous et il s'asseyait à côté d'Annie, à la grande table de la salle à manger. Mathilde l'appelait « mon petit Jean » et elle n'avait pas pour lui cette réserve qu'elle témoignait aux autres visiteurs. Il appelait la petite Hélène « Linou » – comme l'appelait Mathilde. Il lui disait toujours : « Alors, ça va, Linou ? » – et moi, il m'appelait « Patoche », comme Annie.

Il nous a prêté sa montre, à mon frère et à moi. Nous pouvions la porter, chacun à notre tour, pendant une semaine. Le bracelet de cuir était trop large, et il a percé un trou pour qu'il nous serre bien les poignets. J'ai porté cette montre à l'institution Jeanne-d'Arc et je l'ai fait admirer à mes camarades de classe qui m'entouraient, ce jour-là, dans la cour de récréation. Peut-être la directrice a-t-elle remarqué cette montre énorme à mon poignet, et m'a-t-elle vu de sa fenêtre descendre de la voiture américaine de Roger Vincent... Alors, elle a pensé que cela suffisait comme ça et que ma place n'était pas à l'institution Jeanne-d'Arc.

– Qu'est-ce que tu lis comme livres ? m'a demandé un jour Jean D.

Ils prenaient tous le café dans le salon, après le déjeuner : Annie, Mathilde, la petite Hélène et Blanche-Neige. C'était un jeudi. Nous attendions Frede qui devait venir avec son neveu. Nous avions décidé, mon frère et moi, d'entrer dans le hall du château, cet après-midi-là, comme nous l'avions déjà fait avec mon père.

La présence, à nos côtés, du neveu de Frede nous donnerait du courage pour tenter l'aventure.

– Patoche lit beaucoup, a répondu Annie. N'est-ce pas, Blanche-Neige ?

– Il lit beaucoup trop pour son âge, a dit Blanche-Neige.

Mon frère et moi, nous avions trempé un morceau de sucre dans la tasse de café d'Annie et nous l'avions croqué, comme l'exigeait la cérémonie des canards. Ensuite, quand ils auraient bu leur café, Mathilde leur lirait l'avenir dans les tasses vides, le « marc de café », disait-elle.

– Mais tu lis quoi ? a demandé Jean D.

Je lui ai répondu la Bibliothèque verte : Jules Verne, *Le Dernier des Mohicans*… mais je préférais *Les Trois Mousquetaires* à cause de la fleur de lys imprimée sur l'épaule de Milady.

– Tu devrais lire des « série noire », a dit Jean D.

– Tu es fou, Jean… a dit Annie en riant. Patoche est encore trop jeune pour les « série noire »…

– Il a bien le temps de lire des « série noire », a dit la petite Hélène.

Apparemment, ni Mathilde ni Blanche-Neige ne savaient la signification du mot « série noire ». Elles gardaient le silence.

Quelques jours plus tard, il est revenu à la maison dans la quatre-chevaux d'Annie. Il pleuvait, cette fin d'après-midi-là, et Jean D. portait une canadienne. Nous écoutions, mon frère et moi, une émission de radio, assis tous les deux à la table de la salle à manger, et quand nous l'avons vu entrer avec Annie, nous nous sommes levés pour lui dire bonjour.

– Tiens, a dit Jean D., je t'ai apporté une « série noire »…

Il a sorti de la poche de sa canadienne un livre jaune et noir qu'il m'a tendu.

– Ne fais pas attention, Patoche… a dit Annie. C'est une blague… Ce n'est pas un livre pour toi…

Jean D. me regardait avec ses yeux un peu écarquillés, son regard tendre et triste. À certains moments, j'avais l'impression que c'était un enfant, comme nous. Annie lui parlait souvent du même ton qu'elle nous parlait à nous.

– Mais si… a dit Jean D. Je suis sûr que ce livre t'intéressera.

Je l'ai pris pour ne pas lui faire de peine et, aujourd'hui encore, chaque fois que je tombe sur l'une de ces couvertures cartonnées jaune et noir, une voix basse un peu traînante me revient en écho, la voix de Jean D. qui nous répétait le soir, à mon frère et à moi, le titre inscrit sur le livre qu'il m'avait donné : *Touchez pas au grisbi.*

Était-ce le même jour ? Il pleuvait. Nous avions accompagné Blanche-Neige chez le marchand de journaux parce qu'elle voulait acheter des enveloppes et du papier à lettres. Quand nous sommes sortis de la maison, Annie et Jean D. étaient assis tous les deux dans la quatre-chevaux, garée devant la porte. Ils parlaient et ils étaient si absorbés par leur conversation qu'ils ne nous ont pas vus. Et, pourtant, je leur ai fait un signe de la main. Jean D. avait rabattu sur son cou le col de sa canadienne. À notre retour, ils étaient toujours tous les deux dans la quatre-chevaux. Je me suis penché vers eux, mais ils ne m'ont même pas regardé. Ils parlaient et ils avaient l'un et l'autre un visage soucieux.

La petite Hélène faisait une réussite sur la table de la salle à manger en écoutant la radio. Mathilde devait être dans sa chambre. Nous sommes montés dans la nôtre, mon frère et moi. Je regardais, par la fenêtre, la quatre-chevaux sous la pluie. Ils sont restés dedans, à parler, jusqu'à l'heure du dîner. Quels secrets pouvaient-ils bien se dire ?

Roger Vincent et Jean D. venaient souvent dîner à la maison avec Andrée K. D'autres invités arrivaient après le dîner. Ils restaient tous très tard au salon, ces nuits-là. De notre chambre, nous entendions des éclats de voix et de rire. Et des sonneries de téléphone. Et la sonnette de la porte. Nous dînions à sept heures et demie dans la cuisine, avec Blanche-Neige. La table de la salle à manger était déjà dressée pour Roger Vincent, Jean D., Andrée K., Annie, Mathilde et la petite Hélène. La petite Hélène leur faisait la cuisine, et ils disaient tous qu'elle était « un véritable cordon-bleu ».

Avant de monter nous coucher, nous allions leur dire bonsoir dans le salon. Nous étions en pyjama et en robe de chambre – deux robes de chambre au tissu écossais qu'Annie nous avait offertes.

Les autres les rejoindraient au cours de la soirée. Je ne pouvais m'empêcher de les regarder, par les fentes des persiennes de notre chambre, une fois que Blanche-Neige avait éteint la lumière et nous avait souhaité bonne nuit. Ils venaient, chacun à leur tour, sonner à la porte. Je voyais bien leurs visages, sous la lumière vive de l'ampoule du perron. Certains se sont gravés dans ma mémoire pour toujours. Et je m'étonne que les policiers ne m'aient pas interrogé : pourtant les enfants regardent. Ils écoutent aussi.

– Vous avez de très belles robes de chambre, disait Roger Vincent.

Et il souriait.

Nous serrions d'abord la main d'Andrée K., qui était toujours assise sur le fauteuil au tissu à fleurs, près du téléphone. On lui téléphonait pendant qu'elle était à la maison. La petite Hélène, qui décrochait le téléphone, disait :

– Andrée, c'est pour toi…

Andrée K. nous tendait son bras d'un geste désinvolte. Elle souriait aussi, mais son sourire durait moins longtemps que celui de Roger Vincent.

– Bonne nuit, les enfants.

Elle avait un visage semé de taches de son, des pommettes, des yeux verts, des cheveux châtain clair coiffés en frange. Elle fumait beaucoup.

Nous serrions la main de Roger Vincent qui souriait toujours. Puis celle de Jean D. Nous embrassions Annie et la petite Hélène. Avant que nous quittions le salon avec Blanche-Neige, Roger Vincent nous complimentait encore de l'élégance de nos robes de chambre.

Nous étions au bas de l'escalier et Jean D. passait la tête par l'entrebâillement de la porte du salon :

– Dormez bien.

Il nous regardait de ses yeux tendres, un peu écarquillés. Il nous faisait un clin d'œil et il disait d'une
voix plus basse, comme s'il s'agissait d'un secret entre
nous :

– Touchez pas au grisbi.

Un jeudi, Blanche-Neige avait pris son jour de congé. Elle allait voir quelqu'un de sa famille à Paris et elle était partie avec Annie et Mathilde après le déjeuner, dans la quatre-chevaux. Nous étions restés seuls, sous la surveillance de la petite Hélène. Nous jouions dans le jardin à dresser une tente de toile qu'Annie m'avait donnée pour mon dernier anniversaire. Vers le milieu de l'après-midi, Roger Vincent est venu, seul. Lui et la petite Hélène parlaient dans la cour de la maison, mais je n'entendais pas leur conversation. La petite Hélène nous a dit qu'ils devaient faire une course à Versailles et elle nous a demandé de les accompagner.

Nous étions heureux de monter de nouveau dans la voiture américaine de Roger Vincent. C'était en avril, pendant les vacances de Pâques. La petite Hélène s'est assise à l'avant. Elle portait son pantalon de cheval et sa veste de cow-boy. Nous étions assis sur la grande banquette arrière, mon frère et moi, et nos pieds ne touchaient pas le fond de la voiture.

Roger Vincent conduisait lentement. Il s'est retourné vers nous, avec son sourire :

– Vous voulez que j'allume la radio ?

La radio ? On pouvait donc écouter la radio dans cette voiture ? Il a pressé un bouton d'ivoire, sur le tableau de bord, et aussitôt nous avons entendu une musique.

– Plus fort ou moins fort, les enfants ? nous a-t-il demandé.

Nous n'osions pas lui répondre. Nous écoutions la musique qui sortait du tableau de bord. Et puis une femme a commencé à chanter d'une voix rauque.

– C'est Edith qui chante, les enfants, a dit Roger Vincent. C'est une amie…

Il a demandé à la petite Hélène :

– Tu revois Edith ?

– De temps en temps, a dit la petite Hélène.

Nous suivions une grande avenue et nous arrivions à Versailles. La voiture s'est arrêtée à un feu rouge, et nous admirions sur une pelouse, à notre gauche, une horloge dont les chiffres étaient des plates-bandes de fleurs.

– Un autre jour, nous a dit la petite Hélène, je vous ferai visiter le château.

Elle a demandé à Roger Vincent de s'arrêter devant un magasin où l'on vendait de vieux meubles.

– Vous, les enfants, vous restez dans la voiture, a dit Roger Vincent. Vous surveillez bien la voiture…

Nous étions fiers de remplir une mission aussi importante et nous guettions les allées et venues des passants sur le trottoir. Derrière la vitre du magasin, Roger Vincent et la petite Hélène parlaient avec un homme brun qui portait un imperméable et une moustache. Ils ont parlé très longtemps. Ils nous avaient oubliés.

Ils sont sortis du magasin. Roger Vincent tenait à la main une valise de cuir et il l'a rangée dans le coffre arrière. Il s'est assis au volant et la petite Hélène à côté de lui. Il s'est tourné vers moi :

– Rien à signaler ?

– Non… Rien… ai-je dit.

– Alors, tant mieux, a dit Roger Vincent.

Sur le chemin du retour, à Versailles, nous avons suivi une avenue au bout de laquelle se dressait une église en brique. Quelques baraques foraines occupaient le terre-plein, autour d'un étincelant circuit d'autos tamponneuses. Roger Vincent s'est garé le long du trottoir.

– On les emmène faire un tour sur les autos tamponneuses ? a-t-il dit à la petite Hélène.

Nous attendions, tous les quatre, au bord de la piste. Une musique, diffusée par des haut-parleurs, jouait très fort. Seules, trois voitures étaient occupées par des clients, dont deux pourchassaient l'autre et le tamponnaient en même temps, des deux côtés, avec des cris et des éclats de rire. Les perches laissaient des traînées d'étincelles au plafond du circuit. Mais ce qui me captivait le plus, c'était la couleur des voitures : turquoise, vert pâle, jaune, violet, rouge vif, mauve, rose, bleu nuit… Elles se sont arrêtées, et leurs occupants ont quitté la piste. Mon frère est monté dans une voiture jaune avec Roger Vincent, et moi, avec la petite Hélène, dans une voiture turquoise.

Nous étions les seuls sur le circuit, et nous ne nous tamponnions pas. Roger Vincent et la petite Hélène conduisaient. Nous faisions le tour de la piste, et nous suivions, la petite Hélène et moi, la voiture de Roger Vincent et de mon frère. Nous glissions en zigzag au milieu des autres voitures vides et immobiles sur le circuit. La musique jouait moins fort, et l'homme qui nous avait donné les tickets nous regardait tristement, debout, au bord de la piste, comme si nous étions les derniers clients.

Il faisait presque nuit. Nous nous sommes arrêtés au bord de la piste. J'ai contemplé encore une fois toutes ces voitures aux couleurs vives. Nous en parlions, dans notre chambre, mon frère et moi, après l'heure du coucher. Nous avions décidé d'installer une piste dans la cour, le lendemain, avec les vieilles planches de la remise. Évidemment, il serait difficile de nous procurer une auto tamponneuse, mais peut-être en trouvait-on des vieilles, hors d'usage. La couleur, surtout, nous intéressait : moi, j'hésitais entre le mauve et le turquoise ; mon frère, lui, avait une prédilection pour le vert très pâle.

L'air était tiède, et Roger Vincent n'avait pas rabattu la capote de la voiture. Il parlait à la petite Hélène, et je pensais trop à ces autos tamponneuses que nous venions de découvrir pour écouter leur conversation de grandes personnes. Nous longions l'aérodrome et nous allions bientôt tourner à gauche et suivre la route en pente qui menait au village. Ils ont élevé la voix. Ils ne se disputaient pas, ils parlaient tout simplement d'Andrée K.

– Mais si… a dit Roger Vincent. Andrée fréquentait la bande de la rue Lauriston…

« Andrée fréquentait la bande de la rue Lauriston. » Cette phrase m'avait frappé. Nous aussi, à l'école, nous formions une bande : le fils du fleuriste, le fils du coiffeur et deux ou trois autres dont je ne me souviens plus et qui habitaient tous la même rue. On nous appelait : « La bande de la rue du Docteur-Dordaine. » Andrée K. avait fait partie d'une bande, comme nous, mais dans une autre rue. Cette femme qui nous intimidait, mon frère et moi, avec sa frange, ses taches de son, ses yeux verts, ses cigarettes et ses mystérieux coups de téléphone, elle me semblait plus proche de nous, brusquement. Roger Vincent et la petite Hélène avaient l'air de bien connaître aussi cette « bande de la rue Lauriston ». Par la suite, j'ai surpris encore ce nom dans leur conversation et je me suis habitué à sa sonorité. Quelques années plus tard, je l'ai entendu dans la bouche de mon père, mais j'ignorais que « la bande de la rue Lauriston » me hanterait si longtemps.

Quand nous sommes arrivés rue du Docteur-Dordaine, la quatre-chevaux d'Annie était là. Derrière elle, il y avait une grosse moto. Dans le couloir de l'entrée, Jean D. nous a dit que cette moto lui appartenait et que ce soir il était venu avec elle de Paris jusqu'à la maison. Il n'avait pas encore ôté sa canadienne. Il nous a promis qu'il nous emmènerait sur la moto, chacun à notre tour, mais, ce soir, il était trop tard. Blanche-Neige rentrerait demain matin. Mathilde était allée se coucher, et Annie nous a demandé de monter un instant dans notre chambre car ils devaient parler entre eux. Roger Vincent est entré dans le salon, sa valise de cuir à la main. La petite Hélène, Annie et Jean D. l'ont suivi, et ils ont fermé la porte derrière eux. Je les avais regardés du haut de l'escalier. Que pouvaient-ils bien se dire, dans le salon ? J'ai entendu sonner le téléphone.

Au bout d'un certain temps, Annie nous a appelés. Nous avons tous dîné ensemble à la table de la salle à manger : Annie, la petite Hélène, Jean D., Roger Vincent et nous deux. Ce soir-là, au dîner, nous ne portions pas nos robes de chambre, comme d'habitude, mais nos vêtements de la journée. La petite Hélène préparait la cuisine parce qu'elle était un véritable cordon-bleu.

Nous sommes restés beaucoup plus d'un an rue du Docteur-Dordaine. Les saisons se succèdent dans mon souvenir. L'hiver, à la messe de minuit, nous avons été enfants de chœur dans l'église du village. Annie, la petite Hélène et Mathilde assistaient à la messe. Blanche-Neige passait Noël dans sa famille. Au retour, Roger Vincent était à la maison et il nous a dit que quelqu'un nous attendait au salon. Nous sommes entrés, mon frère et moi, et nous avons vu, assis sur le fauteuil au tissu à fleurs près du téléphone, le Père Noël. Il ne parlait pas. Il nous tendait en silence à chacun des paquets enveloppés de papier d'argent. Mais nous n'avions pas le temps de les déballer. Il se levait et nous faisait signe de le suivre. Lui et Roger Vincent nous entraînaient jusqu'à la porte vitrée qui donnait sur la cour. Roger Vincent allumait l'ampoule de la cour. Sur les planches de bois que nous avions disposées les unes à côté des autres, il y avait une auto tamponneuse de couleur vert pâle – comme mon frère les aimait. Ensuite, nous avons dîné avec eux. Jean D. est venu nous rejoindre. Il avait la même taille et les mêmes gestes que le Père Noël. Et la même montre.

La neige dans la cour de récréation de l'école. Et les giboulées de mars. J'avais découvert qu'il pleuvait un jour sur deux et je pouvais prévoir le temps. Je tombais toujours juste. Pour la première fois de notre vie, nous sommes allés au cinéma. Avec Blanche-Neige. C'était un film de Laurel et Hardy. Les pommiers du jardin ont refleuri. De nouveau, j'accompagnais la bande de la rue du Docteur-Dordaine jusqu'au moulin dont la grande roue tournait encore. Les parties de cerf-volant ont recommencé, devant le château. Nous n'avions plus peur, mon frère et moi, d'entrer dans le hall et d'y marcher parmi les gravats et les feuilles mortes. Nous nous installions, tout au fond, dans l'ascenseur, un ascenseur aux deux battants grillagés, au bois clair et lambrissé, avec une banquette de cuir rouge. Il n'avait pas de plafond, et le jour venait du haut de la cage, de la verrière encore intacte. Nous appuyions sur les boutons et nous faisions semblant de monter aux étages où peut-être le marquis Eliot Salter de Caussade nous attendait.

Mais on ne l'a pas vu au village, cette année-là. Il a fait très chaud. Les mouches se prenaient au papier collant tendu sur le mur de la cuisine. Nous avons organisé un pique-nique en forêt avec Blanche-Neige et le neveu de Frede. Ce que nous préférions, mon frère et moi, c'était d'essayer de faire glisser l'auto tamponneuse sur les vieilles planches – cette auto tamponneuse dont nous avons su plus tard que la petite Hélène l'avait trouvée grâce à un forain de ses amis.

Pour le 14 juillet, Roger Vincent nous a invités à dîner à l'auberge Robin des Bois. Il était venu de Paris avec Jean D. et Andrée K. Nous occupions une table du jardin de l'auberge, un jardin orné de bosquets et de statues. Tout le monde était là : Annie, la petite Hélène, Blanche-Neige et même Mathilde. Annie portait sa robe bleu pâle et sa grande ceinture noire qui la serrait très fort à la taille. J'étais assis à côté d'Andrée K. et j'avais envie de lui poser des questions sur la bande qu'elle avait fréquentée, celle de la rue Lauriston. Mais je n'osais pas.

Et l'automne… Nous allions avec Blanche-Neige ramasser les châtaignes de la forêt. Nous n'avions plus de nouvelles de nos parents. La dernière carte postale de notre mère était une vue aérienne de la ville de Tunis. Notre père nous avait écrit de Brazzaville. Puis de Bangui. Et puis, plus rien. C'était la rentrée des classes. L'instituteur, après la gymnastique, nous faisait ratisser les feuilles mortes de la cour de récréation. Nous les laissions tomber sans les ratisser dans la cour de la maison, et elles prenaient une couleur rouille qui tranchait sur le vert pâle de l'auto tamponneuse. Celle-ci semblait bloquée jusqu'à la fin des temps au milieu d'une piste de feuilles mortes. Nous nous asseyions dans l'auto tamponneuse, mon frère et moi, et je m'appuyais sur le volant. Demain, nous allions découvrir un système pour la faire glisser. Demain… Toujours demain, comme ces visites sans cesse remises, la nuit, au château du marquis de Caussade.

Il y a eu, de nouveau, une panne d'électricité, et nous nous éclairions avec une lampe à huile, pour le dîner. Le samedi soir, Mathilde et Blanche-Neige allumaient un feu dans la cheminée de la salle à manger et elles nous laissaient écouter la radio. Quelquefois, nous entendions chanter Edith, l'amie de Roger Vincent et de la petite Hélène. Le soir, avant de m'endormir, je feuilletais l'album de la petite Hélène, où elle figurait, elle et ses camarades de travail. Deux d'entre eux m'impressionnaient : l'Américain Chester Kingston, aux membres aussi souples que du caoutchouc et qui se disloquait si bien qu'on l'appelait « l'homme puzzle ». Et Alfredo Codona, le trapéziste dont la petite Hélène nous parlait souvent et qui lui avait appris le métier. Ce monde du cirque et du music-hall était le seul où nous voulions vivre plus tard, mon frère et moi, peut-être parce que notre mère nous emmenait, quand nous étions petits, dans les loges et les coulisses des théâtres.

Les autres venaient toujours à la maison. Roger Vincent, Jean D., Andrée K... Et ceux qui sonnaient à la porte, le soir, et dont j'épiais, à travers les fentes des persiennes, les visages éclairés par l'ampoule de l'entrée. Des voix, des rires et des sonneries de téléphone. Et Annie et Jean D., dans la quatre-chevaux, sous la pluie.

Au cours des années suivantes, je ne les ai plus jamais revus, sauf, une fois, Jean D. J'avais vingt ans. J'habitais une chambre, rue Coustou, près de la place Blanche. J'essayais d'écrire un premier livre. Un ami m'avait invité à dîner dans un restaurant du quartier. Quand je l'ai rejoint, il était entouré par deux convives : Jean D. et une fille qui l'accompagnait.

Jean D. avait à peine vieilli. Quelques cheveux gris aux tempes, mais toujours sa brosse longue. De minuscules rides autour des yeux. Il ne portait plus de canadienne mais un complet gris très élégant. J'ai pensé que nous n'étions plus les mêmes, lui et moi. Pendant tout le repas, nous n'avons fait aucune allusion aux jours anciens. Il m'a demandé à quoi je m'occupais dans la vie. Il me tutoyait et m'appelait : Patrick. Il avait certainement expliqué aux deux autres qu'il me connaissait depuis longtemps.

Moi, j'en savais un peu plus sur lui qu'à l'époque de mon enfance. Cette année-là, l'enlèvement d'un homme politique marocain avait défrayé la chronique. L'un des protagonistes de l'affaire était mort dans des circonstances mystérieuses, rue Des Renaudes, au moment où les policiers forçaient sa porte. Jean D. était un ami de ce personnage et le dernier à l'avoir vu vivant. Il avait témoigné de cela et on en avait parlé dans les journaux. Mais les articles contenaient d'autres détails : Jean D. avait fait, jadis, sept ans de prison. On ne précisait pas pourquoi, mais, d'après la date, ses ennuis avaient commencé au temps de la rue du Docteur-Dordaine.

Nous n'avons pas dit un seul mot au sujet de ces articles. Je lui ai simplement demandé s'il habitait Paris.

– J'ai un bureau, Faubourg Saint-Honoré. Il faudrait que tu viennes me voir…

Après le dîner, mon ami s'est éclipsé. Je me suis retrouvé seul avec Jean D. et la fille qui l'accompagnait, une brune qui devait avoir une dizaine d'années de moins que lui.

– Je te dépose quelque part ?

Il ouvrait la portière d'une Jaguar garée devant le restaurant. J'avais appris, par les articles, qu'on l'appelait, dans un certain milieu, « le Grand à la Jaguar ». Je cherchais, depuis le début du dîner, une entrée en matière pour lui demander des éclaircissements sur un passé qui demeurait jusqu'à ce jour une énigme.

– C'est à cause de cette voiture qu'on t'appelle « le Grand à la Jaguar » ? lui ai-je dit.

Mais il a haussé les épaules sans me répondre.

Il a voulu visiter ma chambre, rue Coustou. Lui et la fille ont gravi, derrière moi, le petit escalier dont le tapis rouge usé sentait une drôle d'odeur. Ils sont entrés dans la chambre, et la fille s'est assise sur l'unique siège – un fauteuil d'osier. Jean D., lui, est resté debout.

C'était étrange de le voir dans cette chambre, vêtu de son complet gris très élégant et d'une cravate de soie sombre. La fille regardait autour d'elle et ne semblait pas enthousiasmée par le décor.

– Tu écris ? Ça marche ?

Il s'était penché vers la table de bridge et considérait les feuilles de papier que j'essayais de remplir, jour après jour.

– Tu écris à la pointe Bic ?

Il me souriait.

– Ce n'est pas chauffé, ici ?

– Non.

– Et tu te débrouilles ?

Que lui dire ? Je ne savais pas comment payer le loyer de cette chambre à la fin du mois : cinq cents francs. Bien sûr, nous nous connaissions depuis très longtemps, mais ce n'était pas une raison pour lui confier mes soucis.

– Je me débrouille, lui ai-je dit.

– Ça n'a pas l'air.

Pendant un moment, nous étions face à face dans l'embrasure de la fenêtre. Bien qu'on l'appelât « le Grand à la Jaguar », j'étais maintenant un peu plus grand que lui. Il m'a enveloppé d'un regard affectueux et naïf, le même que du temps de la rue du Docteur-Dordaine. Il a roulé sa langue entre ses lèvres, et je me suis souvenu qu'il le faisait aussi, à la maison, quand il réfléchissait. Cette manière de rouler la langue entre ses lèvres et d'être perdu dans ses pensées, je l'ai remarquée plus tard chez quelqu'un d'autre que Jean D. : Emmanuel Berl. Et cela m'a ému.

Il se taisait. Moi aussi. Son amie était toujours assise sur le fauteuil d'osier et feuilletait un magazine qui traînait sur le lit et qu'elle avait pris au passage. Il valait mieux, au fond, que cette fille soit là, sinon nous aurions parlé, Jean D. et moi. Ce n'était pas facile, je l'ai lu dans son regard. Aux premiers mots, nous aurions été comme les pantins des stands de tir qui s'écroulent quand la balle a frappé le point sensible. Annie, la petite Hélène, Roger Vincent avaient certainement fini en prison... J'avais perdu mon frère. Le fil avait été brisé. Un fil de la Vierge. Il ne restait rien de tout ça...

Il s'est retourné vers son amie et il lui a dit :

– Il y a une belle vue ici... C'est vraiment la Côte d'Azur...

La fenêtre donnait sur l'étroite rue Puget, où personne ne passait jamais. Un bar glauque, au coin de la rue, un ancien Vins et Charbons, devant lequel une fille solitaire faisait le guet. Toujours la même. Et pour rien.

– Belle vue, non ?

Jean D. inspectait la chambre, le lit, la table de bridge sur laquelle j'écrivais tous les jours. Je le voyais de dos. Son amie appuyait le front à la vitre et contemplait, en bas, la rue Puget.

Ils ont pris congé en me souhaitant bon courage. Quelques instants plus tard, je découvrais sur la table de bridge quatre billets de cinq cents francs soigneusement pliés. J'ai essayé de trouver l'adresse de son bureau, Faubourg Saint-Honoré. En vain. Et je n'ai plus jamais revu le Grand à la Jaguar.

Les jeudis et les samedis, quand Blanche-Neige n'était pas là, Annie nous emmenait à Paris, mon frère et moi, dans sa quatre-chevaux. Le trajet était toujours le même et, grâce à quelques efforts de mémoire, j'ai réussi à le reconstituer. Nous suivions l'autoroute de l'Ouest et nous passions sous le tunnel de Saint-Cloud. Nous traversions un pont sur la Seine, puis nous longions les quais de Boulogne et de Neuilly. Je me souviens des grandes maisons, le long de ces quais, abritées par des grilles et par les feuillages ; des péniches et des villas flottantes auxquelles on accédait par des escaliers de bois : chacune portait un nom sur une boîte à lettres, au début des escaliers.

– Je vais acheter une péniche ici, et nous habiterons tous dessus, disait Annie.

Nous arrivions Porte Maillot. J'ai pu localiser cette étape de notre itinéraire, à cause du petit train du Jardin d'Acclimatation. Annie nous y avait fait monter un après-midi. Et nous parvenions au terme du voyage, dans cette zone où Neuilly, Levallois et Paris se confondent.

C'était une rue bordée d'arbres dont les feuillages formaient une voûte. Pas d'immeubles dans cette rue, mais des hangars et des garages. Nous nous arrêtions devant le garage le plus grand et le plus moderne, avec une façade beige à fronton.

À l'intérieur, une pièce était protégée par des vitres. Un homme nous attendait là, un blond aux cheveux bouclés, assis derrière un bureau métallique, sur un fauteuil de cuir. Il avait l'âge d'Annie. Ils se tutoyaient. Il était vêtu, comme Jean D., d'une chemise à carreaux, d'un blouson de daim, d'une canadienne en hiver et de chaussures à semelles de crêpe. Mon frère et moi, nous l'appelions entre nous « Buck Danny » parce que je lui trouvais une ressemblance avec un personnage d'un illustré pour enfants que je lisais à l'époque.

Que pouvaient bien se raconter Annie et Buck Danny ? Que pouvaient-ils faire quand la porte du bureau était fermée à clé de l'intérieur et qu'un store de toile orange avait été rabattu derrière les vitres ? Mon frère et moi, nous nous promenions à travers le garage, plus mystérieux encore que le hall du château déserté par Eliot Salter, marquis de Caussade. Nous contemplions les unes après les autres des voitures auxquelles il manquait un garde-boue, un capot, le pneu d'une roue ; un homme en salopette était allongé sous un cabriolet et réparait quelque chose avec une clé anglaise ; un autre, un tuyau à la main, remplissait d'essence le réservoir d'un camion qui s'était arrêté dans un ronflement terrible de moteur. Un jour, nous avons reconnu la voiture américaine de Roger Vincent, le capot ouvert, et nous en avons conclu que Buck Danny et Roger Vincent étaient des amis.

Quelquefois, nous allions chercher Buck Danny à son domicile, dans un bloc d'immeubles le long d'un boulevard, et il me semble aujourd'hui que c'était le boulevard Berthier. Nous attendions Annie sur le trottoir. Elle nous rejoignait avec Buck Danny. Nous laissions la quatre-chevaux garée devant le bloc d'immeubles et nous marchions, tous les quatre, jusqu'au garage, par les petites rues bordées d'arbres et de hangars.

Il faisait frais dans ce garage, et l'odeur de l'essence était plus forte que celle de l'herbe mouillée et de l'eau, quand nous nous tenions immobiles devant la roue du moulin. Il flottait la même pénombre, dans certains coins où dormaient des autos abandonnées. Leurs carrosseries luisaient doucement dans cette pénombre, et je ne pouvais pas détacher les yeux d'une plaque métallique fixée au mur, une plaque jaune sur laquelle je lisais un nom de sept lettres en caractères noirs, dont le dessin et la sonorité me remuent encore le cœur aujourd'hui : CASTROL.

Un jeudi, elle m'a emmené seul dans sa quatre-chevaux. Mon frère était allé faire des courses à Versailles avec la petite Hélène. Nous nous sommes arrêtés devant le bloc d'immeubles où habitait Buck Danny. Mais, cette fois, elle est revenue sans lui.

Au garage, il n'était pas dans son bureau. Nous sommes remontés dans la quatre-chevaux. Nous suivions les petites rues du quartier. Nous nous sommes perdus. Nous tournions dans ces rues qui se ressemblaient toutes avec leurs arbres et leurs hangars.

Elle a fini par s'arrêter près d'un pavillon de brique dont je me demande aujourd'hui s'il n'était pas l'ancien octroi de Neuilly. Mais à quoi bon essayer de retrouver les lieux ? Elle s'est retournée et elle a tendu le bras vers la banquette arrière pour y prendre un plan de Paris et un autre objet qu'elle m'a montré et dont j'ignorais l'usage : un étui à cigarettes en crocodile marron.

– Tiens, Patoche... Je te le donne... Ça te servira plus tard...

Je contemplais l'étui en crocodile. Il avait une armature métallique à l'intérieur et contenait deux cigarettes au parfum très doux de tabac blond. Je les ai sorties de l'étui et, au moment où j'allais la remercier pour ce cadeau et lui rendre les deux cigarettes, j'ai vu son visage, de profil. Elle regardait droit devant elle. Une larme coulait sur sa joue. Je n'osais rien dire, et la phrase du neveu de Frede résonnait dans ma tête : « Annie a pleuré toute la nuit au Carroll's. »

Je tripotais l'étui à cigarettes. J'attendais. Elle a tourné son visage vers moi. Elle me souriait.

– Ça te fait plaisir ?

Et, d'un geste brusque, elle a démarré. Elle avait toujours des gestes brusques. Elle portait toujours des blousons et des pantalons de garçon. Sauf le soir. Ses cheveux blonds étaient très courts. Mais il y avait chez elle tant de douceur féminine, une si grande fragilité… Sur le chemin du retour, je pensais à son visage grave, quand elle restait avec Jean D. dans la quatre-chevaux sous la pluie.

Je suis retourné dans ce quartier, il y a vingt ans, à peu près à l'époque où j'avais revu Jean D. Un mois de juillet et un mois d'août, j'ai habité une minuscule chambre mansardée, square de Graisivaudan. Le lavabo touchait le lit. Le bout de celui-ci était à quelques centimètres de la porte et, pour entrer dans la chambre, il fallait se laisser basculer sur le lit. J'essayais de terminer mon premier livre. Je me promenais à la lisière du XVIIe arrondissement, de Neuilly et de Levallois, là où Annie nous emmenait, mon frère et moi, les jours de congé. Toute cette zone indécise dont on ne savait plus si c'était encore Paris, toutes ces rues ont été rayées de la carte au moment de la construction du périphérique, emportant avec elles leurs garages et leurs secrets.

Je n'ai pas pensé un seul instant à Annie quand j'habitais ce quartier que nous avions si souvent parcouru ensemble. Un passé plus lointain me hantait, à cause de mon père.

Il avait été arrêté un soir de février dans un restaurant de la rue de Marignan. Il n'avait pas de papiers sur lui. La police opérait des contrôles à cause d'une nouvelle ordonnance allemande : interdiction aux Juifs de se trouver dans les lieux publics après vingt heures. Il avait profité de la pénombre et d'un instant d'inattention des policiers devant le panier à salade pour s'enfuir.

L'année suivante, on l'avait appréhendé à son domicile. On l'avait conduit au Dépôt, puis dans une annexe du camp de Drancy, à Paris, quai de la Gare, un gigantesque entrepôt de marchandises où étaient réunis tous les biens juifs que pillaient les Allemands : meubles, vaisselle, linge, jouets, tapis, objets d'art disposés par étages et par rayons comme aux Galeries Lafayette. Les internés vidaient au fur et à mesure les caisses qui arrivaient et ils remplissaient d'autres caisses en partance pour l'Allemagne.

Une nuit, quelqu'un était venu en voiture, quai de la Gare, et avait fait libérer mon père. Je m'imaginais – à tort ou à raison – que c'était un certain Louis Pagnon qu'on appelait « Eddy », fusillé à la Libération avec les membres de la bande de la rue Lauriston dont il faisait partie.

Oui, quelqu'un a sorti mon père du « trou », selon l'expression qu'il avait employée lui-même un soir de mes quinze ans où j'étais seul avec lui et où il se laissait aller jusqu'au bord des confidences. J'ai senti, ce soir-là, qu'il aurait voulu me transmettre son expérience des choses troubles et douloureuses de la vie, mais qu'il n'y avait pas de mots pour cela. Pagnon ou un autre ? Il me fallait bien une réponse à mes questions. Quel lien pouvait exister entre cet homme et mon père ? Un ancien camarade de régiment ? Une rencontre fortuite d'avant-guerre ? À l'époque où j'habitais square de Graisivaudan, je voulais élucider cette énigme en essayant de retrouver les traces de Pagnon. On m'avait donné l'autorisation de consulter de vieilles archives. Il était né à Paris dans le Xe arrondissement, entre la République et le canal Saint-Martin. Mon père avait passé lui aussi son enfance dans le Xe arrondissement, mais un peu plus loin, du côté de la cité d'Hauteville. S'étaient-ils rencontrés à l'école communale du quartier ? En 1932, Pagnon avait été condamné à une peine légère par le tribunal correctionnel de Mont-de-Marsan pour « tenue de maison de jeu ». De 1937 à 1939, il avait été employé de garage dans le XVIIe arrondissement. Il avait connu un certain Henri, agent des automobiles Simca, qui habitait du côté de la Porte des Lilas ; et un nommé Edmond Delehaye, chef d'atelier chez Savary, un carrossier d'Aubervilliers. Les trois hommes se voyaient souvent, ils travaillaient tous les trois dans l'automobile. La guerre est venue, et l'Occupation. Henri avait organisé une officine de marché noir. Edmond Delehaye lui servait de secrétaire, et Pagnon de chauffeur. Ils se sont installés dans un hôtel particulier, rue Lauriston, près de l'Étoile, avec d'autres individus peu recommandables. Ces mauvais garçons – selon l'expression de mon père – ont glissé peu à peu dans l'engrenage : des affaires de marché noir, ils se sont laissé entraîner par les Allemands à des besognes de basse police.

Pagnon avait participé à un trafic que le rapport d'enquête nommait « l'affaire des chaussettes de Biarritz ». Il s'agissait d'une grande quantité de chaussettes que Pagnon allait collecter chez différents contrebandiers de la région. Il les conditionnait en paquets de douze paires et les déposait à proximité de la gare de Bayonne. On en avait rempli six wagons. Dans le Paris vide de l'Occupation, Pagnon roulait en voiture, il avait acheté un cheval de course, il habitait un meublé de luxe rue des Belles-Feuilles et il avait pour maîtresse la femme d'un marquis. Il fréquentait, avec elle, les manèges de Neuilly, Barbizon, l'auberge du Fruit Défendu à Bougival... Quand mon père avait-il connu Pagnon ? Au moment de l'affaire des chaussettes de Biarritz ? Qui sait ? Un après-midi de 1939, dans le XVIIe arrondissement, mon père s'était arrêté devant un garage pour qu'on change le pneu de sa Ford, et Pagnon était là. Ils avaient parlé ensemble, Pagnon lui avait peut-être demandé un service ou un conseil, ils étaient allés boire un verre au café voisin avec Henri et Edmond Delehaye... On fait souvent d'étranges rencontres dans la vie.

J'avais traîné du côté de la Porte des Lilas, dans l'espoir qu'on se souvenait encore d'un agent des automobiles Simca qui habitait par là, vers 1939. Un certain Henri. Mais non. Cela n'évoquait rien pour personne. À Aubervilliers, avenue Jean-Jaurès, les carrosseries Savary qui employaient Edmond Delehaye n'existaient plus depuis longtemps. Et le garage du XVIIe arrondissement où travaillait Pagnon ? Si je parvenais à le découvrir, un ancien mécano me parlerait de Pagnon et – je l'espérais – de mon père. Et je saurais enfin tout ce qu'il fallait savoir, et que mon père savait, lui.

J'avais dressé une liste des garages du XVIIe, avec une préférence pour ceux qui étaient situés à la lisière de l'arrondissement. J'avais l'intuition que c'était dans l'un d'eux que travaillait Pagnon :

Garage des Réservoirs
Société Ancienne du Garage-Auto-Star
Van Zon
Vicar et Cie
Villa de l'Auto
Garage Côte d'Azur
Garage Caroline
Champerret-Marly-Automobiles
Cristal Garage
De Korsak
Eden Garage
L'Étoile du Nord
Auto-Sport Garage
Garage Franco-Américain
S.O.C.O.V.A.
Majestic Automobiles
Garage des Villas
Auto-Lux
Garage Saint-Pierre
Garage de la Comète
Garage Bleu
Matford-Automobiles
Diak
Garage du Bois des Caures
As Garage
Dixmude-Palace-Auto
Buffalo-Transports
Duvivier (R) S.A.R.L.
Autos-Remises
Lancien Frère
Garage aux Docks de la Jonquière

Aujourd'hui, je me dis que le garage où m'emmenait Annie avec mon frère doit figurer sur la liste. C'était peut-être le même que celui de Pagnon. Je revois les feuillages des arbres de la rue, la grande façade beige à fronton… Ils l'ont démoli avec les autres, et toutes ces années n'auront été, pour moi, qu'une longue et vaine recherche d'un garage perdu.

Annie m'emmenait dans un autre quartier de Paris qu'il m'a été facile, plus tard, de reconnaître : à Montmartre, avenue Junot. Elle arrêtait la quatre-chevaux devant un petit immeuble blanc avec une porte vitrée en fer forgé. Elle me disait d'attendre. Elle n'en aurait pas pour longtemps. Elle entrait dans l'immeuble.

Je me promenais sur le trottoir de l'avenue. Peut-être le goût que j'ai toujours éprouvé pour ce quartier date-t-il de cette époque. Un escalier à pic rejoignait une autre rue, en contrebas, et je m'amusais à le descendre. Rue Caulaincourt, je faisais quelques mètres à pied, mais je ne m'aventurais pas trop loin. Je remontais vite l'escalier de crainte qu'Annie ne s'en aille dans sa quatre-chevaux et ne me laisse seul.

Mais c'était moi qui arrivais le premier et je devais encore l'attendre, comme nous l'attendions dans le garage, quand le store orange était tiré derrière la vitre du bureau de Buck Danny. Elle sortait de l'immeuble avec Roger Vincent. Il me souriait. Il feignait de me rencontrer par hasard.

– Tiens… Qu'est-ce que tu fais dans le quartier ?

Les jours suivants, il disait à Andrée K., à Jean D. ou à la petite Hélène :

– C'est drôle… J'ai rencontré Patoche à Montmartre… Je me demande ce qu'il pouvait bien faire là-bas…

Et il se tournait vers moi :

– Ne leur dis rien. Moins on parle, mieux on se porte.

Avenue Junot, Annie l'embrassait. Elle l'appelait « Roger Vincent » et elle le vouvoyait, mais elle l'embrassait.

– Un jour, je t'inviterai chez moi, me disait Roger Vincent. J'habite ici…

Et il me désignait la porte de fer forgé du petit immeuble blanc.

Nous marchions tous les trois sur le trottoir. Sa voiture américaine n'était pas garée devant chez lui, et je lui ai demandé pourquoi.

– Je la laisse au garage d'en face…

Nous passions devant l'hôtel Alsina, près des escaliers. Un jour, Annie a dit :

– C'est là que j'ai habité, au début, avec la petite Hélène et Mathilde… Si vous aviez vu la tête de Mathilde…

Roger Vincent souriait. Et moi, sans m'en rendre compte, j'écoutais toutes leurs paroles et elles se gravaient dans ma mémoire.

Bien plus tard, je me suis marié et j'ai habité quelques années dans ce quartier. Je remontais presque tous les jours l'avenue Junot. Un après-midi, cela m'a pris, comme ça : j'ai poussé le portail vitré de l'immeuble blanc. J'ai sonné à la porte du concierge. Un homme roux a glissé la tête dans l'entrebâillement de la porte.

– Vous désirez ?

– C'est au sujet de quelqu'un qui habitait dans l'immeuble, il y a une vingtaine d'années…

– Ah, mais je n'étais pas encore là, monsieur…

– Vous ne savez pas comment je pourrais avoir des renseignements sur lui ?

– Adressez-vous au garage d'en face. Ils ont connu tout le monde, eux.

Mais je ne me suis pas adressé au garage d'en face. J'avais consacré tant de journées à chercher des garages dans Paris sans les trouver que je n'y croyais plus.

En été, les jours rallongent, et Annie, moins sévère que Blanche-Neige, nous laissait jouer, le soir, dans l'avenue en pente douce, devant la maison. Ces soirs-là, nous ne mettions pas nos robes de chambre. Après le dîner, Annie nous accompagnait jusqu'à la porte de la maison et me donnait son bracelet-montre :

– Vous pouvez jouer jusqu'à neuf heures et demie… À neuf heures et demie, vous rentrez… Tu regardes bien l'heure, Patoche… Je compte sur toi…

Quand Jean D. était là, il me confiait son énorme montre. Il la réglait de telle manière qu'à neuf heures et demie pile une petite sonnerie – comme celle d'un réveil – nous annonçait l'heure de retourner à la maison.

Nous descendions tous les deux l'avenue jusqu'à la route où quelques rares voitures passaient encore. À une centaine de mètres, vers la droite, la gare, un petit bâtiment délabré avec des colombages, ressemblait à une villa de bord de mer. Devant elle, une esplanade déserte bordée par des arbres et par le CAFÉ DE LA GARE.

Un jeudi, mon père n'était pas venu en voiture avec l'un de ses amis, mais en train. À la fin de l'après-midi, nous l'avions raccompagné tous les deux à la gare. Et, comme nous étions en avance sur l'horaire, il nous avait invités à la terrasse du Café de la Gare. Mon frère et moi, nous avions bu un Coca-Cola et, lui, une fine à l'eau.

Il avait payé les consommations et il s'était levé pour aller prendre son train. Avant de nous quitter, il avait dit :

– N'oubliez pas… Si, par hasard, vous voyez le marquis de Caussade au château, faites-lui bien des amitiés de la part d'Albert…

Au coin de la route et de l'avenue, protégés par un massif de troènes, nous surveillions la gare. De temps en temps, un groupe de voyageurs en sortait et se dispersait dans la direction du village, du moulin de Bièvre, des Mets. Les voyageurs étaient de plus en plus rares. Bientôt, une seule et unique personne traversait l'esplanade. Le marquis de Caussade ? Décidément, cette nuit, il faudrait que nous tentions la grande aventure et que nous allions au château. Mais nous savions bien que ce projet serait sans cesse remis au lendemain.

Nous restions un long moment immobiles devant les haies qui protégeaient l'auberge Robin des Bois. Nous écoutions les conversations des dîneurs, assis aux tables du jardin. Ils étaient dissimulés par les haies, mais nous entendions leurs voix, toutes proches. Nous entendions le cliquetis des couverts, le pas des serveurs crisser sur le gravier. L'odeur de certains plats se mêlait au parfum des troènes. Mais celui-ci était le plus fort. Toute l'avenue sentait le troène.

Là-haut, le *bow-window* du salon s'allumait. La voiture américaine de Roger Vincent était garée devant la maison. Ce soir-là, il était venu avec Andrée K., « la femme du grand toubib », celle qui avait fréquenté la bande de la rue Lauriston et qui tutoyait Roger Vincent. Il n'était pas encore neuf heures et demie, mais Annie sortait de la maison, sa robe bleu pâle serrée à la taille. Nous traversions de nouveau l'avenue, le plus vite possible, en nous baissant, et nous nous cachions derrière les buissons du petit bois qui s'étendait après le temple protestant. Annie se rapprochait. Ses cheveux blonds faisaient une tache dans le crépuscule. Nous entendions son pas. Elle essayait de nous trouver. C'était un jeu entre nous. Chaque fois, nous nous cachions à un endroit différent, dans ce terrain abandonné que les arbres et la végétation avaient envahi. Elle finissait par découvrir notre cachette, parce que nous avions une crise de fou rire quand elle se rapprochait trop. Nous revenions à la maison, tous les trois. C'était une enfant, comme nous.

Quelques phrases vous restent gravées dans l'esprit pour toujours. Un après-midi, se tenait une sorte de kermesse dans la cour du temple protestant, en face de la maison. De la fenêtre de notre chambre, nous avions une vue plongeante sur les petits stands autour desquels se pressaient des enfants et leurs parents. Au déjeuner, Mathilde m'avait dit :

– Ça te plairait d'aller à la fête du temple, imbécile heureux ?

Elle nous y avait emmenés. Nous avions pris un ticket de loterie et nous avions gagné deux paquets de nougatine. Au retour, Mathilde m'avait dit :

– On vous a laissés entrer à la fête parce que, moi, je suis protestante, imbécile heureux !

Elle était aussi sévère que d'habitude et elle portait son camée et sa robe noire.

– Et dis-toi bien une chose : les protestants voient tout ! On ne peut rien leur cacher ! Ils n'ont pas simplement deux yeux ! Ils en ont un aussi derrière la tête ! Tu as compris ?

Elle me désignait du doigt son chignon.

– Tu as compris, imbécile heureux ? Un œil derrière la tête !

Désormais, mon frère et moi, nous nous sentions gênés en sa présence, et surtout quand nous passions derrière elle. J'ai mis longtemps à comprendre que les protestants étaient des gens comme les autres, et, chaque fois que j'en rencontrais un, à ne pas changer de trottoir.

Jamais plus aucune phrase n'aura pour nous un tel écho. C'était comme le sourire de Roger Vincent. Je n'ai plus jamais rencontré un sourire semblable. Même en l'absence de Roger Vincent, son sourire flottait dans l'air. Je me souviens d'une autre phrase que m'avait dite Jean D. Un matin, il m'avait emmené sur sa moto jusqu'à la route de Versailles. Il n'allait pas trop vite, et je le tenais par sa canadienne. Au retour, nous nous sommes arrêtés devant l'auberge Robin des Bois. Il voulait acheter des cigarettes. La patronne se trouvait seule au bar de l'auberge, une femme blonde, jeune et très jolie qui n'était pas celle que mon père avait connue, du temps où il venait dans cette auberge avec Eliot Salter, marquis de Caussade, et peut-être avec Eddy Pagnon.

– Un paquet de Balto, a demandé Jean D.

La patronne lui a tendu le paquet de cigarettes en nous lançant un sourire à tous les deux. Quand nous sommes sortis de l'auberge, Jean D. m'a dit d'une voix grave :

– Tu vois, mon petit vieux... Les femmes... Ça paraît formidable de loin... Mais, de près... Il faut se méfier...

Il avait un air triste, brusquement.

Un jeudi, nous jouions sur la butte, à côté du château. La petite Hélène, assise sur le banc qui était d'ordinaire la place de Blanche-Neige, nous surveillait. Nous escaladions les branches des pins. J'étais monté trop haut dans l'arbre et, en grimpant d'une branche à l'autre, j'avais failli tomber. Quand je suis descendu de l'arbre, la petite Hélène était toute pâle. Elle portait ce jour-là son pantalon de cheval et son boléro incrusté de nacre.

– Ce n'est pas malin... Tu aurais pu te tuer...

Je ne l'avais jamais entendue parler sur ce ton brutal.

– Il ne faut plus que tu recommences...

J'étais si peu habitué à la voir en colère, que j'avais envie de pleurer.

– Moi, j'ai été obligée d'abandonner mon métier à la suite d'une bêtise comme ça...

Elle m'a pris par l'épaule et m'a entraîné jusqu'au banc de pierre sous les arbres. Elle m'a fait asseoir. Elle a sorti de la poche intérieure de son boléro un porte-feuille en crocodile – de la même couleur que l'étui à cigarettes que m'avait donné Annie, et qui devait venir du même magasin. Et, de ce portefeuille, elle a extrait un papier qu'elle m'a tendu.

– Tu sais lire ?

C'était un article de journal, avec une photo. J'ai lu ce qui était écrit en grosses lettres : LA TRAPÉZISTE HÉLÈNE TOCH VICTIME D'UN GRAVE ACCIDENT. MUSTA-PHA AMAR À SON CHEVET. Elle a repris l'article et elle l'a rangé dans le portefeuille.

– Ça arrive très vite, dans la vie, un accident... Moi, j'étais comme toi... Je ne savais pas... J'avais confiance...

Elle a paru regretter de m'avoir parlé comme à une grande personne :

– ... Je vous invite à goûter... Nous allons chercher des gâteaux à la boulangerie...

Le long de la rue du Docteur-Dordaine, je restais un peu en arrière pour la regarder marcher. Elle boitait légèrement, et il ne m'était pas venu à l'esprit, jusque-là, qu'elle n'avait pas toujours boité. Ainsi, dans la vie, il arrive des accidents. Cette découverte me troublait beaucoup.

L'après-midi où j'étais allé seul à Paris dans la quatre-chevaux d'Annie et où elle m'avait offert l'étui à cigarettes en crocodile, nous avions fini par retrouver notre chemin dans les petites rues aujourd'hui détruites du XVIIe arrondissement. Nous suivions les quais de la Seine, comme d'habitude. Nous nous étions arrêtés un moment sur la berge, du côté de Neuilly et de l'île de Puteaux. Nous regardions, du haut des escaliers de bois qui donnaient accès à des pontons aux couleurs claires, les villas flottantes et les péniches transformées en appartements.

– Il va falloir que nous déménagions bientôt, Patoche… Et c'est là que je veux habiter…

Elle nous en avait déjà parlé, plusieurs fois. Nous étions un peu inquiets à la perspective de quitter la maison et le village. Mais, habiter à bord de l'une de ces péniches… Jour après jour, nous attendions le départ pour cette nouvelle aventure.

– On vous fera une chambre à tous les deux… Avec des hublots… Il y aura un grand salon et un bar…

Elle rêvait, à voix haute. Nous sommes remontés dans la quatre-chevaux. Après le tunnel de Saint-Cloud, sur l'autoroute, elle a tourné son visage vers moi. Elle m'enveloppait d'un regard encore plus clair que d'habitude.

– Tu sais ce que tu devrais faire ? Chaque soir, tu devrais écrire ce que tu as fait pendant la journée… Je t'achèterai un cahier pour ça…

C'était une bonne idée. J'enfonçais la main dans ma poche pour vérifier si j'avais toujours l'étui à cigarettes.

Certains objets disparaissent de votre vie, au premier moment d'inattention, mais cet étui à cigarettes m'est resté fidèle. Je savais qu'il serait toujours à portée de ma main, dans le tiroir d'une table de nuit, dans un casier de vestiaire, au fond d'un pupitre, dans la poche intérieure d'une veste. J'étais si sûr de lui, et de sa présence, que je finissais par l'oublier. Sauf aux heures de cafard. Alors, je le contemplais, sous tous les angles. C'était le seul objet qui témoignait d'une période de ma vie dont je ne pouvais parler à personne, et dont je me demandais quelquefois si je l'avais vraiment vécue.

Pourtant, j'ai failli le perdre un jour. Je me trouvais dans l'un de ces collèges où j'ai attendu que le temps passe jusqu'à l'âge de dix-sept ans. Mon étui à cigarettes excitait la convoitise de deux frères jumeaux qui appartenaient à la grande bourgeoisie. Ils avaient de multiples cousins dans les autres classes, et leur père portait le titre de «premier fusil de France». S'ils se liguaient tous contre moi, je ne pourrais pas me défendre.

Le seul moyen de leur échapper, c'était de me faire renvoyer, au plus vite, de ce collège. Je me suis évadé un matin, et j'en ai profité pour visiter Chantilly, Mortefontaine, Ermenonville et l'abbaye de Chaalis. Je suis revenu au collège à l'heure du dîner. Le directeur m'a annoncé mon renvoi, mais il n'avait pas réussi à joindre mes parents. Mon père était parti depuis quelques mois en Colombie, à la découverte d'un terrain aurifère qu'un ami lui avait signalé ; ma mère était en tournée du côté de La Chaux-de-Fonds. On m'a mis en quarantaine dans une chambre de l'infirmerie en attendant que quelqu'un vienne me chercher. Je n'avais pas le droit d'assister aux cours ni de prendre mes repas au réfectoire avec mes camarades. Cette sorte d'immunité diplomatique me mettait définitivement à l'abri des deux frères, de leurs cousins et du premier fusil de France. Chaque nuit, avant de m'endormir, je vérifiais sous mon oreiller la présence de mon étui à cigarettes en crocodile.

Cet objet aura une dernière fois attiré l'attention sur lui, quelques années plus tard. J'avais fini par suivre le conseil d'Annie quand elle me disait d'écrire, chaque jour, sur un cahier : je venais de terminer un premier livre. J'étais assis au zinc d'un café de l'avenue de Wagram. À côté de moi, debout, un homme d'une soixantaine d'années aux cheveux noirs, aux lunettes à monture très fine et à la tenue aussi soignée que ses mains. Depuis quelques minutes, je l'observais et je me demandais ce qu'il pouvait bien faire dans la vie.

Il avait prié le garçon de lui apporter un paquet de cigarettes, mais on n'en vendait pas dans ce café. Je lui ai tendu mon étui en crocodile.

– Merci beaucoup, monsieur.

Il en a tiré une cigarette. Son regard restait fixé sur l'étui en crocodile.

– Vous permettez ?

Il me l'a pris des mains. Il le tournait et le retournait, les sourcils froncés.

– J'avais le même.

Il me l'a rendu et il me considérait d'un œil attentif.

– C'est un article dont on nous a volé tout le stock. Ensuite, nous ne l'avons plus vendu. Vous possédez une pièce de collection très rare, monsieur…

Il me souriait. Il avait travaillé en qualité de directeur dans une grande maroquinerie des Champs-Élysées, mais il était maintenant à la retraite.

– Ils ne se sont pas contentés des étuis comme celui-là. Ils ont cambriolé tout le magasin.

Il avait penché son visage vers moi et il me souriait toujours.

– Ne croyez pas que je vous soupçonne le moins du monde… Vous étiez trop jeune à l'époque…

– Il y a longtemps de cela ? lui ai-je demandé.

– Une quinzaine d'années.

– Et ils se sont fait prendre ?

– Pas tous. C'était des gens qui avaient fait des choses encore plus graves que ce cambriolage…

Des choses encore plus graves. Ces mots, je les connaissais déjà. La trapéziste Hélène Toch victime d'un GRAVE ACCIDENT. Et le jeune homme aux gros yeux bleus qui, plus tard, m'avait répondu : QUELQUE CHOSE DE TRÈS GRAVE.

Dehors, avenue de Wagram, je marchais avec une curieuse exaltation au cœur. Depuis très longtemps, c'était la première fois que je sentais la présence d'Annie. Elle marchait derrière moi, ce soir-là. Roger Vincent et la petite Hélène, eux aussi, devaient se trouver quelque part dans cette ville. Au fond, ils ne m'avaient jamais quitté.

Blanche-Neige est partie pour toujours sans nous prévenir. Au déjeuner, Mathilde m'a dit :

– Elle est partie parce qu'elle ne voulait plus s'occuper de toi, imbécile heureux !

Annie a haussé les épaules et m'a fait un clin d'œil.

– Tu dis des bêtises, maman ! Elle est partie parce qu'elle devait retourner dans sa famille.

Mathilde a plissé les yeux et a posé sur sa fille un regard méchant.

– On ne parle pas de cette façon à sa mère devant des enfants !

Annie faisait semblant de ne pas l'écouter. Elle nous souriait.

– Tu as entendu ? a dit Mathilde à sa fille. Tu finiras mal, toi ! Comme l'imbécile heureux !

De nouveau, Annie a haussé les épaules.

– Calmez-vous, Thilda, a dit la petite Hélène.

Mathilde m'a désigné du doigt son chignon, derrière sa tête.

– Tu sais ce que ça veut dire, hein ? Maintenant que Blanche-Neige n'est plus là, c'est moi qui te surveille, imbécile heureux !

Annie m'a accompagné à l'école. Elle avait mis sa main sur mon épaule, comme d'habitude.

– Il ne faut pas que tu fasses attention à ce que dit maman… Elle est vieille… Les vieux disent n'importe quoi…

Nous étions arrivés en avance. Nous attendions devant la porte de fer de la cour de récréation.

– Vous allez dormir, toi et ton frère, pour une nuit ou deux dans la maison d'en face… tu sais, la maison blanche… Parce qu'il y a des invités qui viendront habiter chez nous pour quelques jours…

Elle a dû se rendre compte que j'étais inquiet.

– Mais, de toute façon, je resterai avec vous… Tu verras, vous allez bien vous amuser…

En classe, je n'écoutais pas le cours. Je pensais à autre chose. Blanche-Neige était partie, et nous, nous allions habiter dans la maison d'en face.

Après l'école, Annie nous a emmenés, mon frère et moi, dans la maison d'en face. Elle a sonné à la petite entrée qui donnait sur la rue du Docteur-Dordaine. Une dame brune assez grosse et habillée de noir nous a ouvert. C'était la gardienne de la maison, car les propriétaires n'y habitaient jamais.

– La chambre est prête, a dit la gardienne.

Nous avons monté un escalier qu'éclairait la lumière électrique. Tous les volets de la maison étaient fermés.

Nous avons suivi un couloir. La gardienne a ouvert une porte. Cette chambre était plus grande que la nôtre, et il y avait deux lits aux barreaux de cuivre, deux lits de grandes personnes. Un papier peint bleu clair avec des dessins recouvrait les murs. La fenêtre donnait sur la rue du Docteur-Dordaine. Les volets étaient ouverts.

– Vous serez très bien ici, les enfants, a dit Annie.

La gardienne nous souriait. Elle nous a dit :

– Je vous préparerai le petit déjeuner demain matin.

Nous avons descendu l'escalier, et la gardienne nous a fait visiter le rez-de-chaussée de la maison. Dans le grand salon, aux volets fermés, deux lustres étincelaient de tous leurs cristaux et nous éblouissaient. Les meubles étaient protégés par des housses transparentes. Sauf le piano.

Après le dîner, nous sommes sortis avec Annie. Nous portions nos pyjamas et nos robes de chambre. Un soir de printemps. C'était amusant de porter nos robes de chambre dehors, et nous avons descendu l'avenue, avec Annie, jusqu'à l'auberge Robin des Bois. Nous aurions voulu rencontrer quelqu'un pour qu'il nous voie nous promener en robe de chambre dans la rue.

Nous avons sonné à la porte de la maison d'en face et, de nouveau, la gardienne nous a ouvert et nous a conduits à notre chambre. Nous nous sommes couchés dans les lits aux barreaux de cuivre. La gardienne nous a dit qu'elle dormait à côté du salon et que, si jamais nous avions besoin de quelque chose, nous pouvions l'appeler.

– De toute façon, je suis tout près, Patoche… a dit Annie.

Elle nous a donné un baiser, sur le front. Nous nous étions déjà brossé les dents après le dîner, dans notre vraie chambre. La gardienne a fermé les volets, elle a éteint la lumière et elles sont parties toutes les deux.

Cette première nuit, nous avons bavardé longtemps, mon frère et moi. Nous aurions bien voulu descendre dans le salon du rez-de-chaussée pour contempler les lustres, les meubles sous leurs housses et le piano, mais nous avions peur que le bois de l'escalier craque et que la gardienne nous gronde.

Le lendemain matin, c'était jeudi. Je ne devais pas aller en classe. La gardienne nous a apporté notre petit déjeuner dans notre chambre, sur un plateau. Nous l'avons remerciée.

Le neveu de Frede n'est pas venu ce jeudi-là. Nous sommes restés dans le grand jardin, devant la façade de la maison avec ses portes-fenêtres aux volets fermés. Il y avait un saule pleureur et, tout au fond, une enceinte de bambous à travers laquelle on voyait la terrasse de l'auberge Robin des Bois et les tables dont les serveurs dressaient les couverts pour le dîner. Nous avions mangé des sandwiches à midi. C'était la gardienne qui nous les avait préparés. Nous étions assis sur les chaises du jardin, avec nos sandwiches, comme pour un pique-nique. Le soir, il faisait beau, et nous avons dîné dans le jardin. La gardienne nous avait de nouveau préparé des sandwiches au jambon et au fromage. Deux tartes aux pommes pour le dessert. Et du Coca-Cola.

Annie est venue après le dîner. Nous avions mis nos pyjamas et nos robes de chambre. Nous sommes sortis avec elle. Cette fois-ci, nous avons traversé la route, en bas. Nous avons rencontré des gens près du jardin public, et ils avaient l'air étonné de nous voir en robe de chambre. Annie, elle, portait son vieux blouson de cuir et son blue-jean. Nous avons marché devant la gare. J'ai pensé que nous aurions pu prendre le train, dans nos robes de chambre, jusqu'à Paris.

Au retour, Annie nous a embrassés dans le jardin de la maison blanche et, à chacun de nous, elle a donné un harmonica.

Je me suis réveillé en pleine nuit. J'entendais le bruit d'un moteur. Je me suis levé et je suis allé voir à la fenêtre. La gardienne n'avait pas fermé les volets, elle avait juste tiré les rideaux rouges.

En face, le *bow-window* du salon était allumé. La voiture de Roger Vincent était garée devant la maison, sa capote noire rabattue. La quatre-chevaux d'Annie était là, aussi. Mais le bruit du moteur venait d'un camion bâché, à l'arrêt, de l'autre côté de la rue, devant le mur du temple protestant. Le moteur s'est arrêté. Deux hommes sont sortis du camion. J'ai reconnu Jean D. et Buck Danny, et ils sont entrés tous les deux dans la maison. Je voyais une silhouette passer de temps en temps devant le *bow-window* du salon. J'avais sommeil. Le lendemain matin, la gardienne nous a réveillés en nous apportant le plateau du petit déjeuner. Elle et mon frère m'ont accompagné à l'école. Dans la rue du Docteur-Dordaine, il n'y avait plus le camion ni la voiture de Roger Vincent. Mais la quatre-chevaux d'Annie était toujours là, devant la maison.

À la sortie de l'école, mon frère m'attendait, tout seul.

– Il n'y a plus personne chez nous.

Il m'a dit que la gardienne l'avait ramené à la maison, tout à l'heure. La quatre-chevaux d'Annie était là, mais il n'y avait personne. La gardienne devait partir faire des courses à Versailles jusqu'à la fin de l'après-midi et elle avait laissé mon frère dans la maison en lui expliquant qu'Annie allait bientôt revenir puisque sa voiture était là. Mon frère avait attendu, dans la maison vide.

Il était soulagé de me revoir. Il riait même, comme quelqu'un qui a eu peur et qui est tout à fait rassuré.

– Ils sont allés à Paris, lui ai-je dit. Ne t'inquiète pas.

Nous avons suivi la rue du Docteur-Dordaine. La quatre-chevaux d'Annie était là.

Personne dans la salle à manger ni dans la cuisine. Ni dans le salon. Au premier étage, la chambre d'Annie était vide. Celle de la petite Hélène aussi. Celle de Mathilde aussi, au fond de la cour. Nous sommes entrés dans la chambre de Blanche-Neige. Après tout, Blanche-Neige était peut-être revenue, elle. Non. C'était comme si

111

personne n'avait jamais habité dans ces chambres. Par la fenêtre de la nôtre, je regardais, en bas, la quatre-chevaux d'Annie.

Le silence de la maison nous faisait peur. J'ai allumé la radio et nous avons mangé deux pommes et deux bananes qui restaient dans la corbeille à fruits, sur le buffet. J'ai ouvert la porte du jardin. L'auto tamponneuse verte était toujours là, au milieu de la cour.

– On va les attendre, ai-je dit à mon frère.

Le temps passait. Les aiguilles du réveil de la cuisine marquaient deux heures moins vingt. C'était l'heure d'aller à l'école. Mais je ne pouvais pas laisser mon frère tout seul. Nous étions assis, l'un en face de l'autre, à la table de la salle à manger. Nous écoutions la radio.

Nous sommes sortis de la maison. La quatre-chevaux d'Annie était toujours là. J'ai ouvert l'une des portières et je me suis assis sur la banquette avant, à ma place habituelle. J'ai fouillé dans la boîte à gants et j'ai bien regardé sur la banquette arrière. Rien. Sauf un vieux paquet de cigarettes vide.

– On va se promener jusqu'au château, ai-je dit à mon frère.

Il y avait du vent. Nous suivions la rue du Docteur-Dordaine. Mes camarades étaient déjà rentrés en classe, et le maître avait remarqué mon absence. À mesure que nous marchions, le silence était de plus en plus profond autour de nous. Sous le soleil, cette rue et toutes ces maisons semblaient abandonnées.

Le vent agitait doucement les herbes hautes de la prairie. Nous n'étions jamais venus seuls ici, tous les deux. Les fenêtres murées du château me causaient la même inquiétude que le soir, au retour de nos promenades en forêt, avec Blanche-Neige. La façade du château était sombre et menaçante à ces moments-là. Comme maintenant, en plein après-midi.

Nous nous sommes assis sur le banc, là où s'asseyaient Blanche-Neige et la petite Hélène, quand nous escaladions les branches des pins. Ce silence nous enveloppait toujours, et j'essayais de jouer un air sur l'harmonica qu'Annie m'avait donné.

Rue du Docteur-Dordaine, nous avons vu, de loin, une voiture noire, garée à la hauteur de la maison. Un homme était au volant, sa jambe dépassait de la portière ouverte et il lisait un journal. Devant la porte de la maison, un gendarme se tenait, très droit, tête nue. Il était jeune, les cheveux blonds coupés court, et ses gros yeux bleus regardaient dans le vide.

Il a sursauté et nous a considérés, mon frère et moi, les yeux ronds.

– Qu'est-ce que vous faites là ?

– C'est ma maison, lui ai-je dit. Il est arrivé quelque chose ?

– Quelque chose de très grave.

J'ai eu peur. Mais lui aussi, sa voix tremblait un peu. Une camionnette avec une grue a débouché au coin de l'avenue. Des gendarmes ont mis pied à terre et ont attaché la quatre-chevaux d'Annie à la grue. Puis la camionnette a démarré, traînant lentement derrière elle la quatre-chevaux d'Annie le long de la rue du Docteur-Dordaine. C'est ce qui m'a le plus frappé et qui m'a fait le plus de peine.

– C'est très grave, a-t-il dit. Vous ne pouvez pas entrer.

Mais nous sommes entrés. Quelqu'un téléphonait dans le salon. Un homme brun, en gabardine, était assis sur le rebord de la table de la salle à manger. Il nous a vus, mon frère et moi. Il est venu vers nous.

– Ah… C'est vous… les enfants ?…

Il a répété :

– Vous êtes les enfants ?

Il nous a entraînés dans le salon. L'homme qui parlait au téléphone a raccroché. Il était petit, les épaules très larges, et il portait une veste de cuir noir. Il a dit, comme l'autre :

– Ah… Ce sont les enfants…

Il a dit à l'homme en gabardine :

– Il faut que tu les emmènes au commissariat de Versailles… Ça ne répond pas à Paris…

Quelque chose de très grave, m'avait dit le gendarme aux gros yeux bleus. Je me souvenais du papier que la petite Hélène gardait dans son portefeuille : LA TRAPÉZISTE HÉLÈNE TOCH VICTIME D'UN GRAVE ACCIDENT. Je restais derrière elle pour la regarder marcher. Elle n'avait pas toujours boité comme ça.

– Où sont vos parents ? m'a demandé le brun en gabardine.

Je cherchais une réponse. C'était trop compliqué de lui donner des explications. Annie me l'avait bien dit, le jour où nous étions allés ensemble dans le bureau de la directrice de l'institution Jeanne-d'Arc et où elle avait fait semblant d'être ma mère.

– Tu ne sais pas où sont vos parents ?

116

Ma mère jouait sa pièce de théâtre quelque part en Afrique du Nord. Mon père était à Brazzaville ou à Bangui, ou plus loin. C'était trop compliqué.

– Ils sont morts, lui ai-je dit.

Il a sursauté. Il me regardait en fronçant les sourcils. On aurait dit qu'il avait peur de moi, brusquement. Le petit homme à la veste en cuir me fixait lui aussi, d'un œil inquiet, la bouche ouverte. Deux gendarmes sont entrés dans le salon.

– On continue de fouiller la maison ? a demandé l'un d'eux au brun en gabardine.

– Oui… Oui… Vous continuez…

Ils sont partis. Le brun en gabardine s'est penché vers nous.

– Allez jouer dans le jardin… a-t-il dit d'une voix très douce. Je viendrai vous voir tout à l'heure.

Il nous a pris chacun par la main et il nous a emmenés dehors. L'auto tamponneuse verte était toujours là. Il a tendu le bras en direction du jardin :

– Allez jouer… À tout à l'heure…

Et il est rentré dans la maison.

Nous sommes montés par l'escalier de pierre jusqu'à la première terrasse du jardin, là où la tombe du docteur Guillotin était cachée sous les clématites et où Mathilde avait planté un rosier. La fenêtre de la chambre d'Annie était grande ouverte, et comme nous nous trouvions à la hauteur de cette fenêtre, je voyais bien qu'ils fouillaient partout dans la chambre d'Annie.

En bas, le petit homme à la veste de cuir noir traversait la cour, une torche électrique à la main. Il se penchait par-dessus la margelle du puits, écartait le chèvrefeuille et essayait de voir quelque chose, au fond, avec sa torche. Les autres continuaient de fouiller dans la chambre d'Annie. Il en arrivait d'autres encore, des gendarmes et des hommes habillés de vêtements de tous les jours. Ils fouillaient partout, même à l'intérieur de notre auto tamponneuse, ils marchaient dans la cour, ils se montraient aux fenêtres de la maison, ils parlaient ensemble, très fort. Et nous, mon frère et moi, nous faisions semblant de jouer dans le jardin en attendant que quelqu'un vienne nous chercher.

La Place de l'Étoile
prix Roger-Nimier
prix Fénéon
Gallimard, 1968
et « Folio », n° 698

La Ronde de nuit
Gallimard, 1970
et « Folio », n° 835

Les Boulevards de ceinture
Grand Prix de l'Académie française
Gallimard, 1972
et « Folio », n° 1033

Lacombe Lucien
en collaboration avec Louis Malle
Gallimard, 1974
et « Folio », n° 147

Villa triste
Gallimard, 1975
et « Folio », n° 953

Livret de famille
Gallimard, 1977
et « Folio », n° 1293

Rue des boutiques obscures
prix Goncourt
Gallimard, 1978
et « Folio », n° 1358

Une jeunesse
Gallimard, 1981
et « Folio », n° 1629

Memory Lane
(en collaboration avec Pierre Le-Tan)
P.O.L., 1981

De si braves garçons

Gallimard, 1982
Le Rocher, 1999
et « Folio », n° 1811

Poupée blonde

(en collaboration avec Pierre Le-Tan)
P.O.L., 1983

Quartier perdu

Gallimard, 1984
et « Folio », n° 1942

Dimanches d'août

Gallimard, 1986
et « Folio », n° 2042

Une aventure de Choura

(illustrations de Dominique Zehrfuss)
Gallimard Jeunesse, 1986

Une fiancée pour Choura

(illustrations de Dominique Zehrfuss)
Gallimard Jeunesse, 1987

Vestiaire de l'enfance

Gallimard, 1989
et « Folio », n° 2253

Voyage de noces

Gallimard, 1990
et « Folio », n° 2330

Fleurs de ruine

Seuil, 1991
et « Points », n° P162

Un cirque passe

Gallimard, 1992
et « Folio », n° 2628

Chien de printemps

Seuil, 1993
et « Points », n° P75

Du plus loin de l'oubli
Gallimard, 1996
et « Folio », n° 3005

Dora Bruder
Gallimard, 1997
« Folio », n° 3181, et « Texte et dossier », n° 144

Catherine Certitude
(en collaboration avec Sempé)
Gallimard Jeunesse, 1998
« Folio », n° 4298, et « Folio Junior », n° 600

Des inconnues
Gallimard, 1999
et « Folio », n° 3408

Paris tendresse
(photographies de Brassaï)
Hoëbeke, 2000

La Petite Bijou
Gallimard, 2001
et « Folio », n° 3766

Éphéméride
Mercure de France, 2002

Accident nocturne
Gallimard, 2003
et « Folio », n° 4184

Un pedigree
Gallimard, 2005
et « Folio », n° 4377

28 paradis
(illustrations de Dominique Zehrfuss)
Éditions de l'Olivier, 2005

3 nouvelles contemporaines
(lecture accompagnée par Françoise Spiess)
(en collaboration avec Marie NDiaye et Alain Spiess)
Gallimard Éducation, « Texte et dossier », n° 174, 2006

RÉALISATION : IGS-CP À L'ISLE-D'ESPAGNAC
IMPRESSION : NORMANDIE ROTO S.A.S À LONRAI
DÉPÔT LÉGAL : JANVIER 2013. N⁰ 110195-2 (1404009)
Imprimé en France

Éditions Points

Le catalogue complet de nos collections est sur Le Cercle Points, ainsi que des interviews de vos auteurs préférés, des jeux-concours, des conseils de lecture, des extraits en avant-première…

www.lecerclepoints.com

Collection Points Signatures

Collection Points